DATE L
S0-BSP-948
WITHDRAWN
NDSU

WATERLOO

PAR

ERCKMANN-CHATRIAN

ABBREVIATED AND EDITED WITH INTRODUCTION, NOTES, VOCABULARY AND COMPOSITION EXERCISES

BY

VICTOR E. FRANÇOIS, A.M.

INSTRUCTOR IN FRENCH IN THE COLLEGE OF THE CITY OF NEW YORK

NEW YORK

HENRY HOLT AND COMPANY

1905

F
843
Er2

Copyright, 1905,
BY
HENRY HOLT AND COMPANY

PQ
2238
.W3
1905

PREFACE

This text was selected because of its historical interest, of its unpretentious style and its easy vocabulary.

It may be recommended as a first reading book in colleges and for those pupils in secondary schools who have already studied Latin or German and as a Second reading book for all others. With this view in mind, the vocabulary has been made as complete as possible, and the English exercises based on the text, very simple. A list of irregular verbs has been added at the end of the book. This edition is considerably abridged, but the text itself has not at all been altered. It contains the part of the original story which especially deals with the battles of Ligny and Waterloo. A map of the vicinity of Brussels and a plan of the battle of Waterloo will help the reader in following the various military evolutions described in the book.

A summary of *Le Conscrit de 1813*, and of the omitted part of *Waterloo* will be found at the end of the Introduction.

V. E. F.

9224

INTRODUCTION

Literary copartnerships are quite usual in France, but that of Erckmann-Chatrian represents one of the most curious cases. The unity of style, the harmony of treatment and the uniform excellence of the whole work in every new production of the co-authors at first led the public, critics and readers alike, to believe that the books which they were enjoying so much were the product of one and the same mind.

Such a complete fusion of two efforts, of two souls was for a long time explained by the following biographical details, but we shall see later that it was somewhat due to a quite different cause.

Émile Erckmann and Alexandre Chatrian were both born in the old province of Alsace, then a part of the French territory, the former in 1822 in the small fortified town of Phalsbourg, the latter in 1826 in the neighboring hamlet of Soldatenthal.

Their families belonged to the same class of society, "la petite bourgeoisie" the low middle class, but were of quite dissimilar stocks. Erckmann's father was a bookseller whose lineage was German-Swabian; Chatrian's was a ruined representative of several generations of glass manufacturers who traced back their ancestry to Corsica and Italy.

Émile and Alexandre spent their childhood in the same vicinity, feasted their young eyes upon the same landscapes and horizons and were lulled to sleep by the same stories, the thrilling narratives of the heroic times that had just elapsed. Erckmann, a gloomy and wild child, very early bereaved of his mother, used to spend his leisure hours devouring the books in his father's shop. Chatrian was taught reading by a former captain of Napoleon. We are also told that his father had three favorite books, — only three but what a choice! — the Bible, a translation of the Iliad by Mme. Dacier and a Roman history he had bought at Erckmann's bookstore. Every evening, before having his supper, Alexandre had to recite by heart a long passage taken from one of the three works.

Besides, in the hamlet of Soldatenthal (a German word meaning "Soldiers' dale") there were many pensioned veterans and in the evening they would gather at Chatrian's home for their game of cards. The main subject of conversation and discussion was of course the various battles and campaigns in which they had taken a part. Among these visitors was an old corporal who, in spite of bad stammering, was fond of repeating the story of the battle of Austerlitz during which he had been slightly wounded. Everybody would then leave the room under some pretext except little Alexandre who remained his only but intent listener.

Both boys also studied in the same preparatory school at Phalsbourg and later, in their youth, they seem to have been irresistibly attracted toward literary pursuits. Erckmann, instead of attending the courses of the Paris law school according to his father's wish, was wont to follow those of the literary department. Chatrian, though assured of a fair future in a glass factory in Belgium, gave it up against the will of his family and returned to Phalsbourg where he became an usher in his former preparatory school.

It was about 1847 that the young men were introduced to each other by their old teacher and friend, Prof. Perrot. From this acquaintance resulted the literary collaboration which was to produce so many interesting novels.

In 1850, both friends settled in Paris, Erckmann to continue the study of law which he never brought to a successful end, Chatrian to be a modest clerk in the Eastern Railway Company. For many years, they struggled manfully against public indifference, writing plays and novels. Finally, in 1859, their novel *L'Illustre Docteur Matheus* opened for them the road to popularity and fortune. Soon after appeared the *Contes Fantastiques*, the *Contes du Bord du Rhin* and the *Contes de la Montagne* in which they delighted their readers by a faithful and sympathetic description of the quaint customs of the provinces of Lorraine and Alsace.

Their literary productions are generally divided into *Contes et Romans Populaires* (8 volumes), *Contes et Romans Alsaciens* (8 volumes), *Romans Nationaux* (7 volumes), and *Nouveaux Romans Nationaux* (8 volumes). Besides, they showed themselves skillful playwrights in *Le Juif Polonais*, known on the English stage as "*The Bells*," *L'Ami Fritz* and *Les Rantzau*, which are still now and then performed on the boards of the first theater of France: La Comédie Française.

The main themes of the numerous novels of Erckmann-Chatrian are the heroic epoch of the First Revolution and the First Empire and less heroic times preceding and following the Franco-Prussian war of 1870. The scene in most of them is laid in Alsace and Lorraine and the characters, except of course, the historical ones, are inhabitants of these two provinces.

The secret of the great popularity of Erckmann-Chatrian resides in their tone of bonhomie and sincerity, and in the simplicity of their style which seldom rises above the conversational. Their sympathetic treatment of the lowly, their courage in expressing their feelings of revolt against the horrors of war and the baneful craze for military glory and conquest, finally their splendid spirit of patriotism and republicanism have made a strong appeal to the French heart. Their novels are generally accurate from the historical point of view and many a reader has learned more history from their writings than from any school book. Erckmann and Chatrian have done more than any other men of letters to shatter the Napoleonic legend and render the idea of war unpopular—and they did it under the very reign of Napoleon III.

We have already said that the critics thought for a long time that the unity of the joint product of Erckmann-Chatrian was mainly due to the wonderful similarity of their early surroundings and education. These influences still serve to explain the unity of conception in their stories, but the secret of the unity of their style was revealed in 1879 through a lawsuit in which Erckmann was the plaintiff and Chatrian's private secretary was the defendant. In the days of their early struggles, the two friends, both bachelors, were living together at Raincy near Paris. Before writing a novel, they would agree on its general plan. Then Erckmann would start writing it. Every evening he would read to Chatrian what he had written during the day and the latter, who was a very keen critic, "with a remorseless pen, would strike out the too exuberant expressions of his friend's fertile imagination." The next morning, Erckmann would meekly recopy the corrected pages and continue writing the story along the lines delineated the evening before. When the novel was completed, neither would have been able to recognize what part was the special product of his own brain. Besides being the critic, the reviser, Chatrian was the business man of the firm: he conducted the negotiations with the publishing houses and the theatrical managers. Erckmann was the producer, the composer, the brilliant scribe of the firm and that explains the unity of the style of their novels.

The lawsuit which ended in favor of Erckmann,

was soon followed by the death of Chatrian (1890.) Erckmann survived his former friend and died in 1898 at Lunéville on the French frontier where, after having been banished from Alsace by the Germans, he had retired to be as near as possible the scenes of his childhood.

Le Conscrit de 1813 and Waterloo.

The historical novel *Waterloo* is the sequel of *Le Conscrit de 1813*, of which the following is a brief summary of the plot. The modest and reluctant hero of both books is Joseph Bertha, an apprentice-watch-maker of an old patriot, Melchior Goulden, in the town of Phalsbourg (Alsace). He was an orphan and was engaged to his cousin Catherine, the only daughter of Mrs. Grédel who was living in the hamlet of Les Quatre Vents near Phalsbourg.

As he limped badly, Bertha expected to escape the military service, but after the disastrous retreat from Russia (1812), Napoleon, needing more soldiers, made new levies and, early in 1813, Bertha became, much against his wish, a recruit. He took part in the battle of Lutzen (April 1813) in which he was severely wounded. After a stay of four months in a hospital of Leipzig, he was ordered to rejoin his regi-ment and participated in the battle of Leipzig (Octo-ber 1813). During the retreat, he was stricken with typhus and thrown into a cart by one of his friends. When the convoy of sick and wounded soldiers passed through Phalsbourg, he was recognized by Catherine and Aunt Grédel, taken to their home and saved through their good care.

Napoleon having been sent by the allies to the Island of Elba, Louis XVIII was proclaimed King of France and more peaceful times were looked for. Bertha had just married Catherine when the news reached Alsace that Napoleon had escaped from Elba and had returned to Paris amidst enthusiastic acclamations. New military preparations were at once started and poor Bertha was very much afraid of being called again. Mr. Goulden momentarily relieved his mind by getting him a position in the military arsenal of Phalsbourg, but fate was against him and he had to take part in the great decisive drama that was performed on the battle field of Waterloo.

V. E. F.

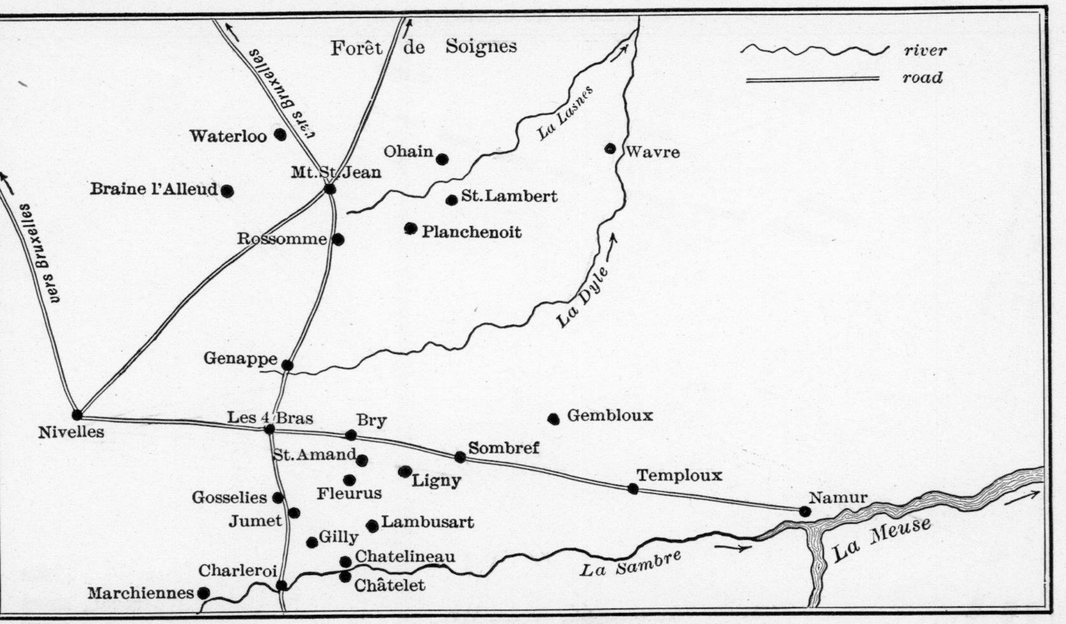

CAMPAIGN OF 1815.

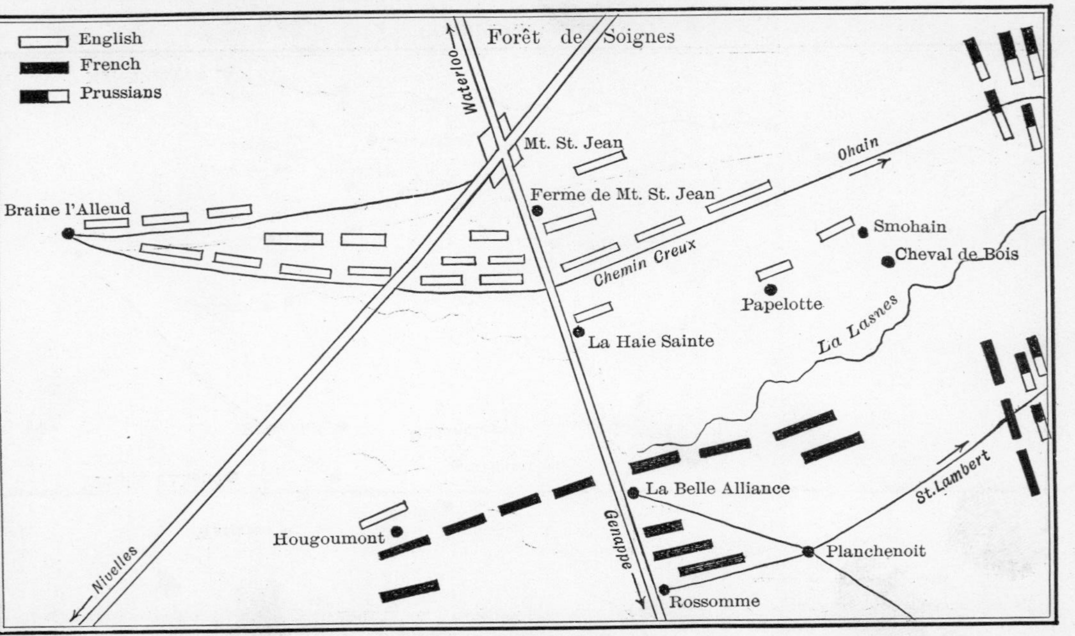

BATTLE-FIELD OF WATERLOO.

WATERLOO

I.

EN ROUTE POUR WATERLOO!

La confiance nous était un peu revenue depuis que je travaillais à l'arsenal; mais nous avions pourtant encore de l'inquiétude, car des centaines d'anciens soldats rengagés pour une campagne et des conscrits passaient le sac au dos avec leurs habits de village. 5
Ils criaient tous: *Vive l'Empereur!* Dans la grande salle de la mairie, les uns recevaient une capote, les autres un shako, les autres des épaulettes, des guêtres, des souliers aux frais du département. Ils repartaient ainsi pour rejoindre, et je leur souhaitais bon voyage. 10

On peut se figurer avec quel courage je travaillais à l'arsenal; rien ne me coûtait, j'aurais passé les jours et les nuits à raccommoder les fusils, à rajuster les baïonnettes, à serrer les vis. Quand le commandant de Montravel venait nous voir, il m'admirait: 15

«A la bonne heure! disait-il, c'est bien! Je suis content de vous, Bertha.»

Ces paroles me remplissaient de satisfaction, je ne manquais pas de les rapporter à Catherine pour lui remonter le cœur; nous étions presque sûrs que le commandant me garderait à Phalsbourg.

Cela dura jusqu'au 23 mai. Ce jour-là, vers six heures du matin, je me trouvais dans la grande salle 5 de l'arsenal, en train de remplir des caisses de fusils. La grande porte restait ouverte à deux battants; les soldats du train, avec leurs fourgons, attendaient pour charger les caisses. Je clouais la dernière, lorsque le garde du génie Robert me toucha l'épaule en me di- 10 sant tout bas:

«Bertha, le commandant de Montravel désire vous voir; il est au pavillon.»

Qu'est-ce que le commandant avait à me dire? Je n'en savais rien, et tout de suite j'eus peur. Malgré 15 cela je partis aussitôt en traversant la grande cour, je montai l'escalier, et je frappai doucement à la porte.

«Entrez!» me dit le commandant.

J'ouvris tout tremblant, le bonnet à la main.

«Ah! c'est vous, Bertha, dit-il en me voyant; je 20 vais vous apprendre une fâcheuse nouvelle: le 3ᵉ bataillon, dont vous faites partie, part pour Metz.»

En entendant cette terrible nouvelle, je sentis mon cœur se retourner et je ne pus rien répondre.

Le commandant me regardait.

25 «Ne vous troublez pas, fit-il au bout d'un instant; vous êtes marié depuis quelques mois, et d'ailleurs bon ouvrier, cela mérite considération. Vous remettrez cette lettre au colonel Desmichels, à l'arsenal de Metz; c'est un de mes amis, il vous trouvera de l'emploi dans 30 ses ateliers, soyez-en sûr.»

Je pris la lettre qu'il me tendait, en le remerciant, et je sortis plein d'épouvante.

Chez nous, Zébédé, M. Goulden et Catherine causaient ensemble dans l'atelier; la désolation était peinte sur leurs figures, ils savaient déjà tout.

«Le 3e bataillon part, leur dis-je en entrant; mais cela ne fait rien, M. le commandant de Montravel vient de me donner cette lettre pour le chef de l'arsenal de Metz. N'ayez pas d'inquiétudes, je ne ferai pas campagne.»

J'étouffais presque. M. Goulden prit la lettre et dit:

«Elle est ouverte, c'est pour que nous puissions la lire.»

Alors il lut cette lettre, où le commandant me recommandait à son ami, disant que j'étais marié, bon ouvrier, plein de zèle, nécessaire à ma famille, et que je rendrais de véritables services à l'arsenal. On ne pouvait rien écrire de mieux. Zébédé s'écria:

— Maintenant ton affaire est sûre!

— Oui, dit M. Goulden, te voilà retenu dans l'arsenal de Metz.

Et Catherine vint m'embrasser, toute pâle, en disant:

«Quel bonheur, Joseph!»

Tous faisaient semblant de croire que je resterais à Metz, et moi je voulais aussi leur cacher mon épouvante. Mais cela me suffoquait, je ne pouvais presque pas m'empêcher de sangloter; heureusement, l'idée me vint d'aller annoncer la nouvelle à la tante Grédel.

— Écoutez, leur dis-je, quoique ce ne soit pas pour longtemps et que je doive rester à Metz, il faut pourtant que j'annonce cette bonne nouvelle à la tante Grédel. Ce soir, entre cinq et six heures, je reviendrai; Catherine aura le temps d'arranger mon sac, et nous souperons.

— Oui, va, Joseph, me dit M. Goulden.

Catherine ne dit rien, car elle avait de la peine à ne pas fondre en larmes. Je partis comme un fou. Zébédé, qui s'en retournait à la caserne, me prévint sur la porte que l'officier d'habillement se trouvait à la mairie et qu'il faudrait être là vers cinq heures. J'écoutai ses paroles comme en rêve, et je me sauvai jusque hors de la ville. Sur les glacis, je me mis à courir sans regarder où. Les idées qui me traversaient l'esprit ne sont pas à décrire; j'étais effaré, j'aurais voulu courir jusqu'en Suisse. Mais le pire, c'est quand j'approchai des Quatre-Vents. Il pouvait être trois heures; la mère Grédel, qui mettait des perches à ses haricots, derrière dans le jardin, m'avait vu de loin. Elle s'était dit:

«Mais c'est Joseph! . . . Qu'est-ce qu'il fait donc au milieu des blés?»

Moi, dans le chemin creux, je remontais lentement, la tête penchée, en pensant: «Tu n'oseras jamais entrer!» lorsque tout à coup, derrière la haie, la tante me cria:

— C'est toi, Joseph?

Alors je frémis.

— Oui . . . c'est moi, lui dis-je.

Elle sortit dans la petite allée de sureaux, et me voyant là tout pâle :

— Je sais pourquoi tu viens, mon enfant, me dit-elle ; tu pars, n'est-ce pas ?

— Oh ! lui dis-je, je suis retenu pour l'arsenal de Metz . . . c'est bien heureux ! 5

Elle ne dit rien. Nous entrâmes dans la cuisine bien fraîche à cause de la grande chaleur qu'il faisait dehors. Elle s'assit et je lui lus la lettre du commandant. Elle écoutait et dit : 10

« Oui . . . c'est bien heureux ! »

Et nous restâmes à nous regarder l'un l'autre sans parler. Ensuite elle me prit la tête entre les mains et m'embrassa longtemps, et je vis qu'elle pleurait à chaudes larmes sans pousser un soupir. 15

« Vous pleurez . . . lui dis-je. Mais puisque je reste à Metz ! . . . »

Elle ne répondit pas et descendit à la cave chercher du vin. Elle m'en fit boire un verre et me demanda :

— Qu'est-ce que dit Catherine ? 20

— Elle est contente de voir que je resterai à l'arsenal, lui dis-je, et M. Goulden aussi.

— C'est bien, fit-elle. Est-ce qu'on te prépare ce qu'il faut ?

— Oui, tante Grédel, et je dois être avant cinq heures à l'hôtel de ville, pour recevoir mon uniforme. 25

— Eh bien ! va, dit-elle, embrasse-moi. . . . Je n'irai pas là-bas . . . je ne veux pas voir partir le bataillon. . . .

Elle se mettait à crier, mais tout à coup elle se retint et me dit : 30

— A quelle heure partez-vous?

— Demain, à sept heures, maman Grédel.

— Eh bien, à huit heures j'arriverai. . . . Tu seras déjà loin . . . mais tu sauras que la mère de ta femme est là . . . qu'elle reprend sa fille . . . qu'elle vous aime . . . qu'elle n'a que vous au monde! . . . »

En parlant ainsi, cette femme si courageuse se mit à sangloter. Elle me reconduisit dehors sur la route, et je partis. Je n'avais plus une goutte de sang dans les veines. J'arrivai devant la mairie sur le coup de cinq heures. Je montai et je reçus une capote, un habit, un pantalon, des guêtres, des souliers. Zébédé, qui m'attendait là, dit à l'un de ses fusiliers de porter tout à la chambrée.

— Tu viendras mettre cela de bonne heure, me dit-il; ton fusil et ta giberne sont au râtelier depuis ce matin.

— Viens avec moi, lui dis-je.

— Non, fit-il, la vue de Catherine me crève le cœur et puis il faut aussi que je reste avec mon père. Qui sait si je retrouverai le pauvre vieux dans un an? J'ai promis de souper avec vous, mais je n'irai pas.

Il fallut donc rentrer seul. Mon sac était prêt, mon vieux sac, la seule chose que j'eusse réchappée de Hanau. M. Goulden travaillait. Il se retourna sans rien me dire.

— Où donc est Catherine? lui demandai-je.

— Elle est en haut.

Je pensais qu'elle pleurait; j'aurais voulu monter, mais les jambes et le courage me manquaient. Je dis à M. Goulden comment les choses s'étaient passées aux Quatre-Vents; ensuite nous attendîmes en rêvant l'un en face de l'autre, sans oser nous regarder. La nuit venait, elle était déjà sombre lorsque Catherine descendit. Elle dressa la table dans l'obscurité, puis je lui pris la main et je la fis asseoir près de moi; 5 nous restâmes là près d'une demi-heure encore.

— Zébédé ne vient pas? demanda M. Goulden.

— Non, il est retenu par le service.

— Eh bien! soupons, fit-il.

Mais personne n'avait faim. Catherine leva la 10 table vers neuf heures, et l'on alla se coucher. C'est la plus terrible nuit que j'aie passée de ma vie. Catherine était comme morte; je l'appelais, elle ne répondait pas. A minuit, j'allai prévenir M. Goulden. Il s'habilla et monta. Il voulait chercher un médecin, 15 je l'en empêchai. Elle se remit tout à fait vers le jour, elle pleura longtemps et finit par s'endormir. Alors je n'osai pas seulement l'embrasser, et nous sortîmes tout doucement.

Enfin M. Goulden et moi nous étions descendus; 20 il me disait:

« Elle dort . . . elle ne sait rien . . . c'est un bonheur . . . tu partiras pendant son sommeil. »

Je bénissais le Seigneur de l'avoir endormie.

Nous rêvions en écoutant les moindres bruits, lors- 25 qu'enfin le rappel se mit à battre. Alors M. Goulden me regarda gravement, et nous nous levâmes. Il prit le sac et me le boucla sur les épaules en silence.

« Joseph, me dit-il, va voir le commandant de l'arsenal, à Metz, mais ne compte sur rien. Le danger 30 est tellement grave, que la France a besoin de tous ses enfants pour la défendre. Et cette fois il ne s'agit plus de prendre le bien des autres, mais de sauver notre propre pays. Souviens-toi que c'est toi-même, 5 ta femme, tout ce que tu possèdes de plus cher au monde, qui se trouve en jeu. Je voudrais avoir vingt ans de moins pour t'accompagner et te montrer l'exemple. »

Nous nous embrassâmes et je gagnai la caserne. 10 Zébédé lui-même me conduisit à la chambrée, où je mis mon uniforme. Tout ce qui me revient encore, après tant d'années, c'est que le père de Zébédé, qui se trouvait là, fit un paquet de mes habits, en disant qu'il irait chez nous après notre départ; et qu'ensuite 15 le bataillon défila sous la porte de France.

Quelques enfants nous suivaient. Les soldats du corps de garde, à l'avancée, portèrent les armes. Nous étions en route pour Waterloo.

II

D'ÉTAPES EN ÉTAPES.

A Sarrebourg nous reçûmes des billets de logement. Le mien était pour l'ancien imprimeur Jâreisse, qui connaissait M. Goulden et la tante Grédel ; il me fit dîner à sa table avec mon nouveau camarade de lit, Jean Buche, le fils d'un schlitteur du Harberg, qui 5 n'avait jamais mangé que des pommes de terre avant d'être conscrit. Il croquait jusqu'aux os de la viande qu'on nous servait.

Le père Jâreisse voulait me consoler, mais tout ce qu'il me disait augmentait encore mon chagrin. 10

Nous passâmes le reste de cette journée et la nuit suivante à Sarrebourg. Le lendemain, nous fîmes route jusqu'au village de Mézières, le surlendemain jusqu'à Vic, et puis jusqu'à Solgne; enfin le cinquième jour nous approchions de Metz. 15

Je n'ai pas besoin de vous raconter notre marche ; les soldats tout blancs de poussière, qui vont d'étapes en étapes, le sac au dos, l'arme à volonté, parlent, rient, traversent les villages en regardant les filles, les charrettes, les fumiers, les hangars, les montées 20 et les descentes, sans s'inquiéter de rien. Et quand on est triste, quand on laisse à la maison sa femme, de vieux amis, des gens qui vous aiment et qu'on ne reverra peut-être jamais, tout défile sous vos yeux comme des ombres ; à cent pas plus loin, on n'y pense plus.

Pourtant la vue de Metz, avec sa haute cathédrale, ses vieilles maisons et ses remparts sombres, me réveilla. Il faisait très chaud, on allongeait le pas pour se mettre plus tôt à l'ombre. Le souvenir du colonel Desmichels me revenait ; j'avais une petite espérance, bien petite, et je m'écriais en moi-même : « Ah ! si la chance voulait ! » Je tâtais ma lettre.

Jean Buche, lui, marchait près de moi, le dos rond et les pieds en dedans comme les loups. La seule chose qu'il me disait quelquefois, c'est que les souliers vous gênent pour la marche, et qu'on ne devrait les mettre qu'à la parade. Depuis deux mois le sergent instructeur n'avait pu lui retourner les pieds ni lui redresser les épaules ; mais il marchait terriblement bien à sa manière, et sans se fatiguer.

Enfin, sur les cinq heures de l'après-midi, nous arrivâmes à l'avancée. On vint nous reconnaître ; le capitaine de garde lui-même nous cria :

« Quand il vous plaira ! »

Les tambours se mirent à battre, et nous entrâmes dans cette ville, la plus vieille que j'aie jamais vue.

Nous arrivâmes sur une place encombrée de matelas, de paillasses et d'autres effets de literie que les bourgeois fournissaient aux troupes. On nous fit mettre l'arme au pied, devant une caserne dont toutes les fenêtres étaient ouvertes du haut en bas. Nous attendions, pensant que nous serions logés dans cette caserne ; mais, au bout de vingt minutes, le prêt commença ; nous reçûmes vingt-cinq sous par homme, avec un billet de logement. On fit rompre les rangs, et chacun partit de son côté. Jean Buche, qui n'avait vu d'autre ville que Phalsbourg, ne me quittait pas.

Notre billet de logement était pour Élias Meyer, 5 boucher dans la rue de Saint-Valery. Quand nous arrivâmes, ce boucher se fâcha et nous reçut très mal. Il nous laissa pourtant entrer. La servante reçut l'ordre de nous conduire au grenier. Mon camarade du Harberg trouvait cela très bien ; moi j'étais in- 10 digné. Malgré cela, nous montâmes derrière la servante, et nous arrivâmes au grenier. Le jour venait par une lucarne en tabatière dans le toit. Sans ma désolation, j'aurais trouvé ce lieu vraiment abominable ; nous n'avions qu'une seule chaise et une pail- 15 lasse étendue sur le plancher avec sa couverture pour nous deux.

Après avoir changé de souliers et de bas, nous descendîmes dans la boucherie acheter de la viande. Jean alla chercher du pain chez le boulanger en face, 20 et, comme nous avions place au feu, nous entrâmes dans la cuisine faire la soupe.

Le boucher vint nous voir vers huit heures ; nous finissions de manger. Il nous demanda de quel pays nous étions ; moi, je ne lui répondis pas, parce que 25 j'étais trop indigné, mais Jean Buche lui dit que j'étais horloger à Phalsbourg, sur quoi cet homme me prit en considération. Il dit que son frère voyageait en Alsace et en Lorraine pour les montres, les bagues, les chaînes de montres et autres objets d'orfèvrerie et 30

de bijouterie ; qu'il s'appelait Samuel Meyer, et que peut-être nous avions déjà fait des affaires ensemble. Je lui répondis alors que j'avais vu son frère deux ou trois fois chez M. Goulden, et c'était vrai. Là-
5 dessus, il prévint la servante de nous monter un oreiller ; mais il n'en fit pas plus pour nous, et nous allâmes nous coucher. La grande fatigue nous endormit bien vite. Je pensais me lever de bonne heure et courir à l'arsenal; mais je dormais encore
10 quand mon camarade me secoua, en disant :

« Le rappel ! »

J'écoutais ; c'était le rappel. Nous n'eûmes que le temps de nous habiller, de boucler notre sac, de prendre le fusil et de descendre. Comme nous ar-
15 rivions sur la place de la caserne, l'appel commençait. Après l'appel, deux fourgons s'avancèrent, et nous reçûmes cinquante cartouches à balle par homme. Le commandant Gémeau, le capitaine et tous les officiers étaient là. Je vis que tout était fini, qu'il ne fallait
20 plus compter sur rien, et que ma lettre pour le colonel Desmichels serait bonne après la campagne, si j'en réchappais. Zébédé me regardait de loin ; je détournais la tête. Dans le même instant on cria :

« Portez armes ! Arme à volonté ! Par file à gauche,
25 en avant, marche ! »

Les tambours battaient, nous marquions le pas ; les toits, les maisons, les fenêtres, les ruelles et les gens défilaient. Nous traversâmes le premier pont, ensuite le pont-levis. Les tambours cessèrent de
30 battre ; nous allions du côté de Thionville.

D'autres troupes suivaient le même chemin, de la cavalerie et de l'infanterie.

Nous arrivâmes le soir au village de Beauregard, le lendemain soir au village de Vitry, près de Thionville, où nous fûmes cantonnés jusqu'au 8 juin. Je logeais, avec Buche, chez un gros propriétaire qui s'appelait M. Pochon, un honnête homme qui nous faisait boire de bon vin blanc, et qui se plaisait à parler de politique comme M. Goulden.

Le 8 juin, de grand matin, le bataillon partit du village et repassa près de Metz, mais sans entrer. Les portes de la ville étaient fermées et les canons sur les remparts, comme en temps de guerre. Nous allâmes coucher à Chatel, le lendemain à Étain, le jour suivant à Dannevoux, où je fus logé chez un bon patriote qui s'appelait M. Sébastien Perrin. C'était un homme riche. Il voulait tout savoir en détail, et comme avant nous un grand nombre d'autres bataillons avaient suivi la même route, il disait:

« Dans un mois ou peut-être avant, nous saurons de grandes choses. . . Toutes les troupes marchent sur la Belgique. . . L'Empereur va tomber sur les Anglais et les Prussiens.»

C'était notre dernière bonne étape, car le lendemain nous arrivâmes à Yong, qui est un mauvais pays. Nous allâmes coucher le 12 juin à Vivier; le 13, à Cul-de-Sard. Plus nous avancions, plus nous rencontrions de troupes, et comme j'avais déjà vu ces choses en Allemagne, je disais à mon camarade Jean Buche:

« Maintenant ça va chauffer!»

De tous les côtés, dans toutes les directions, la cavalerie, l'infanterie, l'artillerie s'avançaient par files, couvrant les routes à perte de vue. On ne pouvait voir de plus beau temps ni de plus magnifiques récoltes; seulement il faisait trop chaud. Ce qui m'étonnait, c'était de ne découvrir aucun ennemi, ni devant ni derrière, ni à droite ni à gauche. On ne savait rien. Le bruit courait entre nous que, cette fois, nous allions tomber sur les Anglais. J'avais déjà vu les Prussiens, les Autrichiens, les Russes, les Bavarois, les Wurtembergeois, les Suédois; je connaissais les gens de tous les pays du monde, et maintenant j'allais aussi connaître les Anglais. Je pensais: « Puisqu'il faut s'exterminer, j'aime autant que ce soit avec ceux-ci qu'avec les Allemands. Nous ne pouvons pas éviter notre sort; si je dois en réchapper, j'en réchapperai; si je dois laisser ma peau, tout ce que je ferais pour la sauver, ou rien, ce serait la même chose. Mais il faut en exterminer le plus possible des autres; de cette façon, nous augmentons les chances pour nous. »

Voilà les raisonnements que je me tenais à moi-même, et s'ils ne me faisaient pas de bien, au moins ils ne me causaient pas de mal.

III

PROCLAMATION DE L'EMPEREUR.

Nous avions passé la Meuse le 12; le 13 et le 14, nous continuâmes à marcher dans de mauvais chemins bordés de champs de blé, d'orge, d'avoine, de chanvre, qui n'en finissaient plus. Il faisait une chaleur extraordinaire. Après avoir supporté la pluie, le vent, 5 la neige et la boue en Allemagne, le tour de la poussière et du soleil était venu.

Je voyais aussi que l'extermination approchait; on n'entendait plus dans toutes les directions que le son des tambours et des trompettes; quand le bataillon 10 passait sur une hauteur, des files de casques, de lances, de baïonnettes se découvraient à perte de vue. Zébédé, le fusil sur l'épaule, me criait quelquefois d'un air joyeux:

— Eh bien! Joseph, nous allons donc encore une 15 fois nous regarder le blanc des yeux avec les Prussiens?

Et j'étais forcé de lui répondre:

— Oh! oui, la noce va recommencer!

Comme si j'avais été content de risquer ma vie et 20 de laisser Catherine veuve avant l'âge, pour des choses qui ne me regardaient pas.

Ce jour même, vers sept heures, nous arrivâmes à Roly. Des hussards occupaient déjà ce village, et l'on nous fit bivouaquer dans un chemin creux, le long de la côte.

Nos fusils étaient à peine en faisceaux, que plusieurs officiers supérieurs arrivèrent. Le commandant Gé-
5 meau, qui venait de mettre pied à terre, remonta sur son cheval et courut à leur rencontre; ils causèrent un instant ensemble et descendirent dans notre chemin, où tout le monde regardait en se disant:

« Quelque chose se passe! »

10 Un des officiers supérieurs, le général Pécheux, que nous avons connu depuis, ordonna le roulement et nous cria:

« Formez le cercle! »

Mais comme le chemin était trop étroit, les soldats
15 montèrent des deux côtés sur le talus; d'autres restèrent en bas. Tout le bataillon regardait, et le général se mit à dérouler un papier en nous criant:

« Proclamation de l'Empereur! »

Quand il eut dit cela, le silence devint si grand,
20 qu'on aurait dit qu'il était seul au milieu des champs. Depuis le dernier conscrit jusqu'au commandant Gémeau, tout le monde écoutait; et même aujourd'hui, quand j'y pense après cinquante ans, cela me remue le cœur: c'était quelque chose de grand et de
25 terrible.

Voici ce que le général nous lut;

« Soldats! c'est aujourd'hui l'anniversaire de Ma-
« rengo et de Friedland, qui décidèrent deux fois du
« sort de l'Europe. Alors, comme après Austerlitz,
30 « comme après Wagram, nous fûmes trop généreux,

«nous crûmes aux protestations et aux serments des «princes que nous laissâmes sur le trône. Aujourd'hui «cependant, coalisés entre eux, ils en veulent à l'indé-«pendance et aux droits les plus sacrés de la France. «Ils ont commencé la plus injuste des agressions; mar-«chons à leur rencontre: eux et nous, nous ne sommes «plus les mêmes hommes.»

Tout le bataillon frémit et se mit à crier: *Vive l'Empereur!* Le général leva la main, et l'on se tut en se penchant encore plus pour entendre.

«Soldats! — A Iéna, contre ces mêmes Prussiens, «aujourd'hui si arrogants, nous étions un contre «trois, et à Montmirail, un contre six. Que ceux «d'entre vous qui ont été prisonniers des Anglais «vous fassent le récit de leurs pontons et des maux «affreux qu'ils y ont soufferts.

«Les Saxons, les Belges, les Hanovriens, les soldats «de la Confédération du Rhin gémissent d'être «obligés de prêter leurs bras à la cause de princes en-«nemis de la justice et des droits de tous les peuples; «ils savent que cette coalition est insatiable: après «avoir dévoré douze millions de Polonais, douze mil-«lions d'Italiens, un million de Saxons, six millions «de Belges, elle devra dévorer les États de second «ordre de l'Allemagne.

«Les insensés! Un moment de prospérité les «aveugle; l'oppression et l'humiliation du peuple «français sont hors de leur pouvoir. S'ils entrent en «France, ils y trouveront leur tombeau.

«Soldats, nous avons des marches forcées à faire,

« des batailles à livrer, des périls à courir; mais avec
« de la constance, la victoire sera à nous; les Droits
« de l'homme et le bonheur de la patrie seront recon-
« quis. Pour tout Français qui a du cœur, le moment
5 « est arrivé de vaincre ou de périr.

« NAPOLÉON. »

On ne se figurera jamais les cris qui s'élevèrent alors; c'était un spectacle qui vous grandissait l'âme; on aurait dit que l'Empereur nous avait soufflé son
10 esprit des batailles, et nous ne demandions plus qu'à tout massacrer.

Le général était parti depuis longtemps, que les cris continuaient encore, et moi-même j'étais content; je voyais que tout cela c'était la vérité.

15 Notre courage était donc beaucoup augmenté par ces paroles fortes et justes. Les anciens disaient en riant:

« Cette fois, nous n'allons pas languir... à la première marche, nous tombons sur les Prussiens! »

20 Et les conscrits, qui n'avaient pas encore entendu ronfler les boulets, se réjouissaient plus que les autres. Les yeux de Buche brillaient comme ceux d'un chat; il s'était assis au bord du chemin, son sac ouvert sur le talus, et repassait lentement son sabre,
25 en essayant le fil à la pointe de son soulier. D'autres affilaient leur baïonnette, ou rajustaient leur pierre à fusil, ce qui se fait toujours en campagne, la veille d'une rencontre. Dans ces moments, mille idées vous passent par la tête, on fronce le sourcil, on serre les
30 lèvres, on a de mauvaises figures.

Le soleil se penchait de plus en plus derrière les blés; quelques détachements allaient chercher du bois au village, ils en rapportaient aussi des oignons, des poireaux, du sel, et même des quartiers de vache pendus à de grandes perches sur leurs épaules. 5

C'est autour des feux, lorsque les marmites commençaient à bouillonner et que la fumée tournait dans le ciel, qu'il aurait fallu voir la mine joyeuse qu'on avait; l'un parlait de Lutzen, l'autre d'Austerlitz, l'autre de Wagram, d'Iéna, de Friedland, de 10 l'Espagne, du Portugal, de tous les pays du monde. Tous parlaient ensemble; mais on n'écoutait que les anciens, les bras couverts de chevrons, qui parlaient mieux et montraient les positions à terre avec le doigt, en expliquant les par file à droite et les par file 15 à gauche, par trente ou quarante en bataille. On croyait tout voir en les écoutant.

Chacun avait sa cuiller d'étain à la boutonnière et pensait:

« Le bouillon va bien... c'est une bonne viande 20 bien grasse. »

La nuit alors était venue. Après la distribution on avait l'ordre d'éteindre les feux et de ne pas sonner la retraite, ce qui signifiait que l'ennemi n'était pas loin, et qu'on craignait de l'effaroucher. 25

Il commençait à faire clair de lune. Buche et moi nous mangions à la même gamelle. Quand nous eûmes fini, durant plus de deux heures il me raconta leur vie au Harberg, leur grande misère lorsqu'il fallait traîner des cinq et six stères de bois sur une 30

schlitte, en risquant d'être écrasés, surtout à la fonte des neiges. L'existence des soldats, la bonne gamelle, le bon pain, la ration régulière, les bons habits chauds, les chemises bien solides en grosse toile, tout
5 cela lui paraissait admirable. Jamais il ne s'était figuré qu'on pouvait vivre aussi bien ; et la seule idée qui le tourmentait, c'était de faire savoir à ses deux frères, Gaspard et Jacob, sa belle position, pour les décider à s'engager aussitôt qu'ils auraient l'âge.

10 — Oui, lui disais-je, c'est bien ; mais les Russes, les Anglais, les Prussiens... tu ne penses pas à cela.

— Je me moque d'eux, faisait-il ; mon sabre coupe comme un tranchet, ma baïonnette pique comme une aiguille. C'est plutôt eux qui doivent avoir peur de
15 me rencontrer.

Nous étions les meilleurs amis du monde ; je l'aimais presque autant que mes anciens camarades Klipfel, Furst et Zébédé. Lui m'aimait bien aussi ; je crois qu'il se serait fait hacher pour me tirer d'em-
20 barras.

Pendant que nous étions à causer, Zébédé vint me frapper sur l'épaule.

— Tu ne fumes pas, Joseph ? me dit-il.

— Je n'ai pas de tabac.

25 Aussitôt il m'en donna la moitié d'un paquet.

Je vis qu'il m'aimait toujours, malgré la différence des grades, et cela m'attendrit. Lui ne se possédait plus de joie, en songeant que nous allions tomber sur les Prussiens.

30 « Quelle revanche ! s'écriait-il. Pas de quartier...

On aurait cru que ces Prussiens et ces Anglais n'allaient pas se défendre, et que nous ne risquions pas d'attraper des boulets et de la mitraille, comme à Lutzen, à Gross-Beren, à Leipzig et partout. Mais que peut-on dire à des gens qui ne se rappellent rien et qui voient tout en beau? Je fumais tranquillement ma pipe et je répondais:

« Oui!... oui!... nous allons les arranger, ces gueux-là!... Nous allons les bousculer... Ils vont en voir des dures... »

J'avais laissé bourrer sa pipe à Jean Buche; et comme nous étions de garde, Zébédé, vers neuf heures, alla relever les premières sentinelles à la tête du piquet. Moi, je sortis de notre cercle, et j'allai m'étendre quelques pas en arrière, l'oreille sur le sac, au bord d'un sillon. Le temps était si chaud, qu'on entendait les cigales chanter longtemps encore après le coucher du soleil; quelques étoiles brillaient au ciel, pas un souffle n'arrivait sur la plaine, les épis restaient droits, et dans le lointain les horloges des villages sonnaient neuf heures, dix heures, onze heures. Je finis par m'endormir. C'était la nuit du 14 au 15 juin 1815.

Entre deux et trois heures du matin, Zébédé vint me secouer.

« Debout! disait-il, en route! »

Buche était aussi venu s'étendre près de moi; nous nous levâmes. C'était notre tour de relever les postes. Il faisait encore nuit, mais le jour étendait une ligne blanche au bord du ciel, le long des blés. A

trente pas plus loin, le lieutenant Bretonville nous attendait au milieu du piquet. C'est dur de se lever, quand on dort si bien après une marche de dix heures. Tout en bouclant notre sac, nous avions re-
5 joint le piquet. Au bout de deux cents pas, derrière une haie, je relevai la sentinelle en face de Roly. Le mot d'ordre était: « Jemmapes et Fleurus! »

Je me mis à marcher l'arme au bras le long de la haie. Le village, avec ses petits toits de chaume et
10 plus loin son clocher d'ardoises, s'élevait au-dessus des moissons. Un hussard à cheval, en sentinelle au milieu du chemin, regardait, son mousqueton appuyé sur la cuisse. C'est tout ce qu'on voyait.

Longtemps j'attendis là, songeant, écoutant et
15 marchant. Tout dormait. La ligne blanche du ciel grandissait.

Cela dura plus d'une demi-heure. Je m'étais arrêté tout mélancolique; des idées innombrables me venaient, quand, dans le lointain, le galop d'un cheval
20 s'entendit. Je regardai d'abord sans rien voir. Ce galop, au bout de quelques minutes, entra dans le village; ensuite tout se tut. Seulement il se fit une rumeur confuse. Qu'est-ce que cela signifiait? Un instant après, le cavalier sortit de Roly dans notre
25 chemin, ventre à terre; je m'avançai au bord de la haie, l'arme prête, en criant:

— Qui vive?

— France!

— Quel régiment?

30 — Douzième chasseurs... estafette.

— Quand il vous plaira.

Il poursuivit sa route en redoublant de vitesse. Je l'entendis s'arrêter au milieu de notre campement et crier:

« Le commandant? » 5

Je m'avançai sur le dos de la colline pour voir ce qui se passait. Presque aussitôt il se fit un grand mouvement: les officiers arrivaient; le chasseur, toujours à cheval, parlait au commandant Gémeau; des soldats s'approchaient aussi. J'écoutais, mais c'était 10 trop loin. Le chasseur repartit en remontant la côte. Tout paraissait en révolution; on criait, on gesticulait.

Tout à coup la diane se mit à battre. Le piquet qui relevait les postes tournait au coude du chemin. 15 Zébédé de loin, m'avait l'air tout pâle.

« Arrive! » me dit-il en passant.

Deux sentinelles restaient plus loin sur la gauche. On ne parle pas sous les armes; malgré cela, Zébédé me dit tout bas: 20

« Joseph, nous sommes trahis; Bourmont, le général de la division d'avant-garde, et cinq autres brigands de son espèce viennent de passer à l'ennemi. »

Sa voix tremblait. Tout mon sang ne fit qu'un tour, et, regardant les autres du piquet, deux vieux à 25 chevrons, je vis que leurs moustaches grises frissonnaient; ils roulaient des yeux terribles, comme s'ils avaient cherché quelqu'un à tuer, mais ils ne disaient rien.

Nous pressions le pas pour relever les deux autres 30

sentinelles. Quelques minutes après, en rentrant au bivouac, nous trouvâmes le bataillon déjà sous les armes, prêt à partir. La fureur et l'indignation étaient peintes sur toutes les figures; les tambours roulaient. Nous reprîmes nos rangs. Le commandant et le capitaine adjudant-major, à cheval sur le front du bataillon, attendaient, pâles comme des morts. Je me souviens que le commandant, tout à coup tirant son épée pour faire cesser le roulement, voulut dire quelque chose; mais les idées ne lui venaient pas, et, comme un fou, il se mit à crier:

«Ah! canailles! . . . ah! misérables chouans! . . . *Vive l'Empereur*! Pas de quartier! . . .»

Il bredouillait et ne savait plus ce qu'il disait; mais tout le bataillon trouvait qu'il parlait très bien, et l'on se mit à crier tous ensemble comme des loups:

«En avant! . . . en avant! . . . A l'ennemi! . . . Pas de quartier!»

On traversa le village au pas de charge; le dernier soldat s'indignait de ne pas voir tout de suite les Prussiens.

Le commandant alors ordonna de faire halte, et passa devant nous en criant «que les traîtres étaient partis trop tard; que nous allions attaquer le même jour et que l'ennemi n'aurait pas le temps de profiter de la trahison, qu'il serait surpris et culbuté.»

Ces paroles calmèrent la fureur d'un grand nombre. On se remit en marche, et l'on répétait tout le long de la route que les plans avaient été livrés trop tard.

Mais ce qui changea notre colère en joie, c'est lorsque, vers dix heures, nous entendîmes tout à coup le canon gronder à gauche, à cinq ou six lieues, de l'autre côté de la Sambre. C'est alors que les hommes levèrent leurs shakos à la pointe de leurs baïonnettes, et qu'ils se mirent à crier: 5

« En avant! *Vive l'Empereur!* »

Beaucoup de vieux en pleuraient d'attendrissement. Sur toute cette grande plaine, ce n'était qu'un cri immense; quand un régiment avait fini, l'autre recommençait. Le canon grondait toujours, on redou- 10 blait le pas et comme nous marchions sur Charleroi depuis sept heures, l'ordre arriva par estafette d'appuyer à droite.

Je me rappelle aussi que, dans tous les villages où nous passions, les hommes, les femmes, les enfants re- 15 gardaient par leurs fenêtres et sur leurs portes; qu'ils levaient les mains d'un air joyeux et criaient:

« Les Français! . . . les Français! . . . »

On voyait que ces gens nous aimaient, qu'ils étaient du même sang que nous, et même, dans les deux 20 haltes que nous fîmes, ils arrivaient avec leur bon pain de ménage, le couteau de fer-blanc enfoncé dans la croûte, et leurs grosses cruches de bière noire, en nous tendant cela sans rien nous demander. Nous étions arrivés en quelque sorte pour leur délivrance 25 sans le savoir. Personne dans leur pays ne savait rien non plus, ce qui montre bien la finesse de l'Empereur, puisque, dans ce coin de la Sambre et de la Meuse, nous étions déjà plus de cent mille hommes, sans que la moindre nouvelle en fût arrivée aux enne- 30 mis. La trahison de Bourmont nous empêcha de les surprendre dispersés dans les cantonnements: tout aurait été fini d'un seul coup; mais alors il était bien plus difficile de les exterminer.

5 Nous continuâmes à marcher toute l'après-midi, par cette grande chaleur, dans la poussière des chemins. Plus nous avancions, plus nous voyions devant nous d'autres régiments d'infanterie et de cavalerie. On se tassait pour ainsi dire de plus en plus, car derrière 10 nous il en venait encore d'autres. Vers les cinq heures, nous arrivâmes dans un village où les bataillons et les escadrons défilaient sur un pont de briques. En traversant ce village, que notre avant-garde avait enlevé, nous vîmes quelques Prussiens étendus à 15 droite et à gauche dans les ruelles. Je dis à Jean Buche:

— Ça, ce sont des Prussiens. . . . J'en ai vu pas mal du côté de Lutzen et de Leipzig, et tu vas en voir aussi, Jean!

20 — Tant mieux! fit-il, c'est tout ce que je demande.

Le village que nous traversions s'appelait le Châtelet; la rivière, c'était la Sambre: une eau jaune pleine de terre glaise, et profonde; ceux qui par malheur y tombent ont de la peine à s'en tirer, car les bords sont 25 à pic; nous avons reconnu cela plus tard.

De l'autre côté du pont, on nous fit bivouaquer le long de la rivière. Nous n'étions pas tout à fait l'avant-garde, puisque les hussards avaient passé avant nous; mais nous étions la première infanterie du corps 30 de Gérard.

Tout le reste de ce jour, le quatrième corps défila sur le pont, et nous apprîmes à la nuit que l'armée avait passé la Sambre; qu'on s'était battu près de Charleroi, à Marchiennes et à Jumet.

IV.

EN FACE DE L'ENNEMI.

Une fois sur l'autre rive de la Sambre, on mit les armes en faisceaux dans un verger, et chacun put allumer sa pipe et respirer en regardant les hussards, les chasseurs, l'artillerie et l'infanterie défiler d'heure 5 en heure sur le pont et prendre position dans la plaine.

Sur notre front se trouvait une forêt de hêtres; elle s'étendait du côté de Fleurus, et pouvait avoir trois lieues d'un bout à l'autre.

Entre les bataillons et les escadrons, qui défilaient 10 toujours, arrivaient des femmes, des hommes, des enfants, avec des cruches de bière vineuse, du pain et de l'eau-de-vie blanche très forte, qu'ils nous vendaient moyennant quelques sous. Buche et moi nous cassâmes une croûte en regardant ces choses, et même 15 en riant avec les filles, qui sont blondes et très jolies dans ce pays.

Tout proche de nous se découvrait le petit village de Catelineau, et, sur notre gauche, bien loin, entre le bois et la rivière, le village de Gilly.

20 La fusillade, les coups de canon et les feux de peloton roulaient toujours dans cette direction. La nouvelle arriva bientôt que les Prussiens, repoussés de Charleroi par l'Empereur, s'étaient mis en carrés au coin de la forêt. De minute en minute, on s'attendait

à marcher pour leur couper la retraite. Mais entre sept et huit heures, la fusillade cessa; les Prussiens s'étaient retirés sur Fleurus, après avoir perdu l'un de leurs carrés; le reste s'était sauvé dans le bois; et nous vîmes arriver deux régiments de dragons. Ils prirent position à notre droite le long de la Sambre. 5

Le bruit courut, quelques instants après, que le général Le Tort, de la garde, venait de recevoir une balle dans le ventre, à l'endroit même où, durant sa jeunesse, il menait paître le bétail d'un fermier. Que de choses étonnantes on voit dans la vie! Ce général avait combattu partout en Europe depuis vingt ans, et c'est là que la mort l'attendait. 10

Il pouvait être huit heures du soir, et l'on pensait que nous resterions au Châtelet jusqu'après le défilé de nos trois divisions. Un vieux paysan chauve, en blouse bleue et bonnet de coton, sec comme une chèvre, qui se trouvait avec nous, disait au capitaine Grégoire que, de l'autre côté du bois, dans un fond, se trouvaient le village de Fleurus et celui de Lambusart, plus petit et sur la droite; que depuis au moins trois semaines les Prussiens avaient des hommes dans ces villages; qu'il en était même arrivé d'autres la veille et l'avant-veille. Il nous disait aussi que le long d'une grande route blanche, bordée d'arbres, qu'on voyait filer tout droit à deux bonnes lieues sur notre gauche, les Belges et les Hanovriens avaient des postes à Gosselies et aux Quatre-Bras; que c'était la grande route de Bruxelles, où les Anglais, les Hanovriens, les Belges avaient toutes leurs forces; tandis que les 15 20 25 30

Prussiens, à quatre ou cinq lieues sur la droite, occupaient la route de Namur; qu'entre eux et les Anglais, du plateau des Quatre-Bras jusque sur le plateau de Ligny, en arrière de Fleurus, s'étendait une bonne chaussée, où leurs estafettes allaient et venaient du matin au soir, de sorte que les Anglais apprenaient toutes les nouvelles des Prussiens; et les Prussiens toutes celles des Anglais; qu'ils pouvaient ainsi se secourir les uns les autres, en s'envoyant des hommes, des canons et des munitions par cette chaussée.

Naturellement, en entendant cela, l'idée me vint tout de suite que nous n'avions rien de mieux à faire que de prendre cette grande traverse, pour les empêcher de s'aider; cela vous tombait sous le bon sens, et je n'étais pas le seul auquel cette idée venait; mais on ne disait rien dans la crainte d'interrompre ce vieux. Au bout de cinq minutes, la moitié du bataillon était en cercle autour de lui. Étant commissionnaire pour les paquets entre le Châtelet, Fleurus et Namur, il connaissait les moindres détails du pays et voyait journellement ce qui s'y passait. Il se plaignait beaucoup des Prussiens, disant que c'étaient des êtres fiers, insolents, qu'on ne pouvait jamais les contenter, et que les officiers se vantaient de nous avoir ramenés depuis Dresde jusqu'à Paris, en nous faisant courir devant eux comme des lièvres.

Ce vieux disait aussi que les Prussiens répétaient sans cesse qu'ils allaient bientôt se réjouir à Paris, en buvant les bons vins de France, et que l'armée française n'était qu'une bande de brigands.

En entendant cela, je m'écriai en moi-même:

« Joseph, maintenant c'est trop fort . . . tu n'auras plus de pitié. . . . C'est l'extermination de l'extermination ! »

Neuf heures et demie tintaient au village du Châtelet, 5 les hussards sonnaient la retraite et chacun s'arrangeait derrière une haie, derrière un rucher ou dans un sillon pour dormir, lorsque le général de brigade Schœffer vint donner l'ordre au bataillon de se porter de l'autre côté du bois, en avant-garde. Je vis aussitôt que 10 notre malheureux bataillon allait toujours être en avant-garde comme en 1813. C'est triste pour un régiment d'avoir de la réputation; les hommes changent, mais le numéro reste.

Ceux d'entre nous qui avaient envie de dormir 15 n'eurent pas longtemps sommeil; car lorsqu'on sait l'ennemi très proche et qu'on se dit: « Les Prussiens sont peut-être là, qui nous attendent embusqués dans ce bois! » cela vous fait ouvrir l'œil.

Quelques hussards déployés en éclaireurs à droite 20 et à gauche du chemin précédaient la colonne. Nous marchions au pas ordinaire, nos capitaines dans l'intervalle des compagnies, et le commandant Gémeau à cheval, au milieu du bataillon, sur sa petite jument grise. 25

Avant de partir, chaque homme avait reçu sa miche de trois livres et deux livres de riz; c'est ainsi que la campagne s'ouvrit pour nous.

Il faisait un clair de lune magnifique, tout le pays brillait comme de l'argent. Personne ne parlait; 30

Buche lui-même dressait la tête, en serrant les dents, et Zébédé, sur la gauche de la compagnie, ne regardait pas de mon côté, mais dans l'ombre des arbres, comme tout le monde.

Il nous fallut près d'une heure pour arriver au bois; à deux cents pas, on cria: « Halte! » Les hussards se replièrent sur les flancs du bataillon, une compagnie fut déployée en tirailleurs sous bois. On attendit environ cinq minutes, et, comme aucun bruit, aucun avertissement n'arrivait, on se remit en marche. Le chemin que nous suivions dans cette forêt était un chemin de charrettes assez large. La colonne marquait le pas dans l'ombre.

Buche me disait tout bas:

« J'aime pourtant sentir l'odeur du bois; c'est comme au Harberg. »

Et je pensais: « Je me moque bien de l'odeur du bois; pourvu que nous ne recevions pas de coups de fusil, voilà le principal. » Enfin, au bout de deux heures, la lumière reparut au fond du taillis, et nous arrivâmes heureusement de l'autre côté sans avoir rien rencontré. Les hussards qui nous suivaient repartirent aussitôt, et le bataillon mit l'arme au pied.

Nous étions dans un pays de blé comme je n'en ai jamais vu de pareil. Ces blés étaient en fleur, encore un peu verts, les orges étaient déjà presque mûres. Cela s'étendait à perte de vue. Nous regardions tous au milieu du plus grand silence, et je vis alors que le vieux ne nous avait pas trompés, car, au fond d'une espèce de creux, à deux mille pas en avant de nous, et derrière un petit renflement, s'élevaient la pointe d'un vieux clocher et quelques pignons couverts d'ardoises où donnait la lune. Ce devait être Fleurus. Plus proche de nous, sur notre droite, se découvraient des chaumières, quelques maisons et un autre clocher; 5 c'était sans doute Lambusart. Mais beaucoup plus loin, au bout de cette grande plaine, à plus d'une lieue et derrière Fleurus, le terrain se renflait en collines, et ces collines brillaient de feux innombrables. On reconnaissait très bien trois gros villages, qui 10 s'étendaient sur ces hauteurs, de gauche à droite, et que nous avons su depuis être Saint-Amand, le plus proche de nous, Ligny au milieu, et plus loin, à deux bonnes lieues au moins, Sombref. Cela se voyait mieux qu'en plein jour, à cause des feux de l'ennemi. 15 L'armée des Prussiens se trouvait là dans les maisons, dans les vergers, dans les champs. Et derrière ces trois villages en ligne, s'en découvrait encore un autre plus haut et plus loin, sur la gauche, où des feux brillaient aussi; c'était celui de Bry, où les 20 gueux devaient avoir leurs réserves.

Tout cela, je le comprenais très bien, et même je voyais que ce serait très difficile à prendre. Enfin nous regardions ce spectacle grandiose.

Dans la plaine, sur notre gauche, brillaient aussi 25 des feux, mais il était clair que c'étaient ceux du troisième corps, qui, vers huit heures, avait tourné le coin de la forêt, après avoir repoussé les Prussiens, et qui s'était arrêté dans quelque village encore bien loin de Fleurus. Quelques feux le long du bois, sur 30 la même ligne que nous, étaient aussi de notre armée; je crois me rappeler que nous en avions des deux côtés, mais je n'en suis pas sûr; la grande masse, dans tous les cas, était à gauche.

5 On posa tout de suite des sentinelles aux environs, après quoi chacun se coucha sur la lisière du bois, sans allumer de feux, en attendant les nouveaux ordres.

Le général Schœffer vint encore cette même nuit, 10 avec des officiers de hussards. Le commandant Gémeau veillait sous les armes; ils causèrent tout haut à vingt pas de nous. Le général disait que notre corps d'armée continuait à défiler mais qu'il était bien en retard; qu'il ne serait pas même au 15 complet le lendemain; et j'ai vu par la suite qu'il avait raison, puisque notre quatrième bataillon, qui devait nous rejoindre au Châtelet, n'arriva que le lendemain de la bataille, lorsque nous étions presque tous exterminés dans ce gueux de Ligny, et qu'il ne 20 nous restait plus seulement quatre cents hommes; au lieu que, s'il avait été là, nous aurions donné ensemble, et qu'il aurait eu sa part de gloire.

Comme j'avais été de garde la veille, je m'étendis tranquillement au pied d'un arbre, côte à côte avec 25 Buche, au milieu des camarades. Il pouvait être une heure du matin. C'était le jour de la terrible bataille de Ligny. La moitié de ceux qui dormaient là devaient laisser leurs os dans ces villages que nous voyions, et dans ces grandes plaines si riches en 30 grains de toutes sortes; ils devaient aider à faire pousser les blés, les orges et les avoines pendant les siècles des siècles. S'ils l'avaient su, plus d'un n'aurait pas si bien dormi, car les hommes tiennent à leur existence, et ce serait une triste chose de penser: « Aujourd'hui, je respire pour la dernière fois. » 5

V.

BATAILLE DE LIGNY.

Durant cette nuit, l'air était lourd, je m'éveillais toutes les heures malgré la grande fatigue; les camarades dormaient, quelques-uns parlaient en rêvant. Buche ne bougeait pas. Tout près de nous, sur
5 la lisière du bois, nos fusils en faisceaux brillaient à la lune.

J'écoutais. Dans le lointain à gauche, on entendait des « Qui vive? » sur notre front, des: « *Ver da*? »

Beaucoup plus près de nous, les sentinelles du ba-
10 taillon se voyaient immobiles, à deux cents pas, dans les blés jusqu'au ventre. Je me levais doucement et je regardais: du côté de Sombref, à deux lieues au moins sur notre droite, il arrivait de grandes rumeurs qui montaient et puis cessaient. On aurait dit de
15 petits coups de vent dans les feuilles; mais il ne faisait pas le moindre vent, il ne tombait pas une goutte de rosée, et je pensais:

« Ce sont les canons et les fourgons des Prussiens qui galopent là-bas sur la route de Namur, et leurs
20 bataillons, leurs escadrons qui viennent toujours. Dans quelle position nous allons être demain, avec cette masse de gens devant nous, qui se renforcent encore de minute en minute! »

Ils avaient éteint leurs feux à Saint-Amand et à

Ligny, mais, du côté de Sombref, il en brillait beaucoup plus: les régiments prussiens, qui venaient d'arriver à marches forcées, faisaient sans doute leur soupe. Des idées innombrables me passaient par la tête; je me recouchais et je me rendormais pour une 5 demi-heure. Quelquefois aussi je me disais:

« Tu t'es sauvé de Lutzen, de Leipzig et de Hanau, pourquoi ne te réchapperais-tu pas encore d'ici? »

Mais ces espérances que je me donnais ne m'empêchaient pas de reconnaître que ce serait terrible. 10

A la fin, je m'étais pourtant endormi tout à fait, lorsque le tambour-maître Padoue se mit à battre lui-même la diane. Les officiers étaient déjà réunis sur la colline dans les blés, ils regardaient vers Fleurus, causant entre eux. 15

Tout le monde se levait, le soleil magnifique montait sur les blés, on sentait d'avance quelle chaleur il allait faire sur les midi.

Des files de cavaliers sortaient du bois et traversaient les blés en se dirigeant sur Saint-Amand, le 20 grand village à gauche de Fleurus.

Nous regardions aussi la position des Prussiens autour des villages, dans les vergers et derrière les haies, qui s'élèvent à six et sept pieds dans ce pays. Un grand nombre de leurs pièces étaient en batterie 25 entre Ligny et Saint-Amand; on voyait très bien le bronze reluire au soleil, ce qui vous inspirait des réflexions de toute sorte.

Tout le monde croyait que la bataille serait livrée à Saint-Amand, celui des trois villages le plus à notre 30 gauche, entouré de haies et d'arbres touffus, une grosse tour ronde au milieu; et plus haut, derrière, d'autres maisons avec un chemin tournant bordé de pierres sèches. Tous les officiers disaient: « C'est là 5 que se portera l'affaire. »

Nos troupes venant de Charleroi s'étendaient dans la plaine au-dessous; infanterie et cavalerie, tout filait de ce côté: tout le corps de Vandamme et la division Gérard. Des mille et mille casques brillaient au 10 soleil. Buche, auprès de moi, disait:

« Oh! . . . oh! . . . regarde, Joseph, regarde . . . il en vient toujours. »

Des files de baïonnettes innombrables se voyaient dans la même direction à perte de vue.

15 Les Prussiens s'étendaient de plus en plus sur la côte en arrière des villages, où se trouvaient des moulins à vent.

Ce mouvement dura jusqu'à huit heures. Personne n'avait faim, mais on mangeait tout de même, pour 20 n'avoir pas de reproches à se faire; car, une fois la bataille commencée, il faut aller, quand cela durerait deux jours.

Entre huit et neuf heures, les premiers bataillons de notre division débouchèrent aussi du bois. Les 25 officiers venaient serrer la main à leurs camarades, mais l'état-major restait encore en arrière.

Tout à coup nous vîmes des hussards et des chasseurs passer en prolongeant notre front de bataille sur la droite: c'était la cavalerie de Morin. L'idée 30 nous vint aussitôt que dans le moment où le combat serait engagé sur Saint-Amand, et que les Prussiens auraient porté toutes leurs forces de ce côté, nous leur tomberions en flanc par le village de Ligny. Mais les Prussiens eurent la même idée, car, depuis ce moment, ils ne défilaient plus jusqu'à Saint-Amand et s'arrêtaient à Ligny; ils descendaient même plus bas, et l'on voyait très bien leurs officiers poster les soldats dans les haies, dans les jardins, derrière les petits murs et les baraques. On trouvait leur position très solide. Ils continuaient à descendre dans un pli de terrain entre Ligny et Fleurus, et cela nous étonnait; car nous ne savions pas encore que plus bas passe un ruisseau qui partage le village en deux, et qu'ils étaient alors en train de garnir les maisons de notre côté; nous ne savions pas que si nous avions la chance de les bousculer, ils auraient encore leur retraite plus haut, et nous tiendraient toujours sous leur feu.

Si l'on savait tout dans des affaires pareilles, on n'oserait jamais commencer, parce qu'on n'aurait pas l'espoir de venir à bout d'une entreprise si dangereuse; mais ces choses ne se découvrent qu'à mesure, et dans ce jour nous devions en découvrir beaucoup auxquelles on ne s'attendait pas.

Vers huit heures et demie, plusieurs de nos régiments avaient passé le bois; bientôt on battit le rappel, tous les bataillons prirent les armes. Le général comte Gérard et son état-major arrivaient. Ils passèrent au galop jusque sur la colline au-dessus de Fleurus, sans nous regarder.

Presque aussitôt, la fusillade s'engagea ; des tirailleurs du corps de Vandamme s'approchaient du village, à gauche ; deux pièces de canon partaient aussi traînées par des artilleurs à cheval. Elles tirèrent 5 cinq ou six coups du haut de la colline ; puis la fusillade cessa, nos tirailleurs étaient à Fleurus, et nous voyions trois ou quatre cents Prussiens remonter la côte plus loin, vers Ligny.

Le général Gérard regarda ce petit engagement, 10 puis il revint avec ses officiers d'ordonnance, et passa lentement sur le front de nos bataillons, en nous inspectant d'un air pensif, comme pour voir la mine que nous avions.

Il ne nous dit rien, et, quand il eut parcouru la 15 ligne d'un bout à l'autre, tous les commandants et les colonels se réunirent sur notre droite. On nous commanda de mettre l'arme au pied. Les officiers d'ordonnance allaient alors comme le vent, on ne voyait que cela ; mais rien ne bougeait. Seulement le bruit 20 s'était répandu que le maréchal Grouchy nous commandait en chef, et que l'Empereur attaquait les Anglais à quatre lieues de nous, sur la route de Bruxelles.

Cette nouvelle ne nous rendait pas de bonne hu- 25 meur ; plus d'un disait :

« Ce n'est pas étonnant que nous soyons encore là depuis ce matin sans rien faire ; si l'Empereur était avec nous, la bataille serait engagée depuis longtemps ; les Prussiens n'auraient pas eu le temps de 30 se reconnaître. »

Voilà les propos qu'on tenait, ce qui montre bien l'injustice des hommes, car, trois heures après, vers midi, tout à coup des milliers de cris de: *Vive l'Empereur!* s'élevèrent à gauche; Napoléon arrivait. Ces cris se rapprochaient comme un orage, et se prolongèrent bientôt jusqu'en face de Sombref. On trouvait que tout était bien; ce qu'on reprochait au maréchal Grouchy, l'Empereur avait bien fait de le faire, puisque c'était lui.

Aussitôt l'ordre arriva de se porter à cinq cents pas en avant, en appuyant sur la droite, et nous partîmes à travers les blés, les orges, les seigles, les avoines, qui se courbaient devant nous. La grande ligne de bataille, sur notre gauche, ne bougeait toujours pas.

Comme nous approchions d'une grande chaussée que nous n'avions pas encore vue, et que nous découvrions aussi Fleurus, à mille pas en avant de nous, avec son ruisseau bordé de saules, on nous cria:

« Halte! »

Dans toute la division on n'entendait qu'un murmure:

« Le voilà! »

L'Empereur arrivait à cheval avec un petit état-major; de loin, on ne reconnaissait que sa capote grise et son chapeau; sa voiture, entourée de lanciers, était en arrière. Il entra par la grande route à Fleurus, et resta dans ce village plus d'une heure, pendant que nous rôtissions dans les blés.

Au bout de cette heure, et lorsqu'on pensait que

cela ne finirait plus, des files d'officiers d'ordonnance partirent, les reins pliés, le nez entre les oreilles de leurs chevaux; deux s'arrêtèrent auprès du général comte Gérard, un resta, l'autre repartit. Après cela, 5 nous attendîmes encore, et tout à coup, d'un bout du pays à l'autre, toutes les musiques des régiments se mirent à jouer; tout se mêlait: les tambours, les trompettes, et tout marchait; cette grande ligne, qui s'étendait bien loin derrière Saint-Amand jusqu'au 10 bois, courbait, l'aile droite en avant. Comme elle dépassait notre division par derrière, on nous fit encore obliquer à droite, puis on nous cria de nouveau:

« Halte! »

Nous étions en face de la route qui sort de Fleurus. 15 Nous avions à gauche un mur blanc; derrière ce mur s'élevaient des arbres, une grande maison, et devant nous se dressait un moulin à vent en briques rouges, haut comme une tour.

A peine faisions-nous halte, que l'Empereur sortit 20 de ce moulin avec trois ou quatre généraux, et deux paysans en blouse, deux vieux qui tenaient leur bonnet de coton à la main. C'est alors que la division se mit à crier: *Vive l'Empereur!* et que je le vis bien, car il arrivait juste en face du bataillon par un sen-25 tier, les mains derrière le dos et la tête penchée, en écoutant un de ces vieux tout chauve. Lui ne faisait pas attention à nos cris; deux fois il se retourna, montrant le village de Ligny. Il était devenu beaucoup plus gros et plus jaune depuis Leipzig; s'il 30 n'avait pas eu sa capote grise et son chapeau, je crois qu'on aurait eu de la peine à le reconnaître: il avait l'air vieux, et ses joues tombaient. Cela venait sans doute de ses chagrins à l'île d'Elbe, en songeant à toutes les fautes qu'il avait commises; car c'était un homme rempli de bon sens et qui voyait bien ses fautes. 5

En arrivant au coin du mur, où des hussards l'attendaient, il monta sur son cheval, et le général Gérard, qui l'avait vu, descendit au galop jusque sur la chaussée. Lui se retourna deux secondes pour l'écouter, ensuite ils entrèrent ensemble dans Fleurus. 10

Il fallut encore attendre.

Sur les deux heures, le général Gérard revint; on nous fit obliquer une troisième fois à droite, et toute la division, en colonnes, suivit la grande chaussée de Fleurus, les canons et les caissons dans l'intervalle des brigades. Il faisait une poussière qu'on ne peut s'imaginer; Buche me disait: 15

« A la première mare que nous rencontrons, coûte que coûte, il faut que je boive. » 20

Mais nous ne rencontrions pas d'eau.

Les musiques jouaient toujours; derrière nous arrivaient des masses de cavalerie, principalement des dragons. Nous étions encore en marche, lorsque le roulement de la fusillade et des coups de canon commença comme une digue qui se rompt, et dont l'eau tombe, en entraînant tout de fond en comble. 25

Je connaissais cela, mais Buche devint tout pâle; il ne disait rien et me regardait d'un air étonné.

« Oui, oui, Jean, lui dis-je, ce sont les autres là-bas, 30

qui commencent l'attaque de Saint-Amand, mais tout à l'heure notre tour viendra. »

Ce roulement redoublait, les musiques en même temps avaient cessé; on criait de tous les côtés: « Halte ! »

La division s'arrêta sur la chaussée, les canonniers sortirent des intervalles et mirent leurs pièces en ligne, à cinquante pas devant nous, les caissons derrière.

Nous étions en face de Ligny. On ne voyait qu'une ligne blanche de maisons à moitié cachées par les vergers — le clocher au-dessus — des rampes de terre jaune, des arbres, des haies, des palissades. Nous étions de douze à quinze mille hommes, sans compter la cavalerie, et nous attendions l'ordre d'attaquer.

La bataille du côté de Saint-Amand continuait, des masses de fumée montaient au ciel.

Nous attendîmes encore près d'une demi-heure. Tous ceux qui sortaient du bois vinrent se serrer contre nous; nous voyions aussi la cavalerie se déployer sur notre droite, comme pour attaquer Sombref.

De notre côté, jusqu'à deux heures et demie, pas un coup de fusil n'avait été tiré, lorsqu'un aide de camp de l'Empereur arriva ventre à terre sur la route de Fleurus, et je pensai tout de suite: « Voici notre tour. Maintenant, que Dieu veille sur nous; car ce n'est pas nous autres, pauvres malheureux, qui pouvons nous sauver dans des massacres pareils. »

J'avais à peine eu le temps de me faire ces réflexions, que deux bataillons partirent à droite sur la chaussée, avec de l'artillerie, du côté de Sombref, où des uhlans et des hussards prussiens se déployaient en face de nos dragons. Ces deux bataillons eurent la 5 chance de rester en position sur la route toute cette journée pour observer la cavalerie ennemie, pendant que nous allions enlever le village où les Prussiens étaient en force.

On forma les colonnes d'attaque sur le coup de trois 10 heures; j'étais dans celle de gauche, qui partit la première, au pas accéléré, dans un chemin tournant. De ce côté de Ligny se trouvait une grosse masure en briques; elle était ronde et percée de trous; elle regardait dans le chemin où nous montions, et nous la 15 regardions aussi par-dessus les blés. La seconde colonne au milieu partit ensuite, parce qu'elle n'avait pas tant de chemin à faire et montait tout droit; nous devions la rencontrer à l'entrée du village. Je ne sais pas quand la troisième partit, nous ne l'avons rencon- 20 trée que plus tard.

Tout alla bien jusque dans un endroit où le chemin coupe une petite hauteur et redescend plus loin dans le village. Comme nous entrions entre ces deux petites buttes couvertes de blé, et que nous commen- 25 cions à découvrir les premières maisons, tout à coup une véritable grêle de balles arriva sur notre tête de colonne avec un bruit épouvantable: de tous les trous de la grosse masure, de toutes les fenêtres et de toutes les lucarnes des maisons, des haies, des vergers, par- 30 dessus les petits murs en pierres sèches, la fusillade se croisait sur nous comme des éclairs. En même temps, d'un champ en arrière de la grosse tour à gauche, et plus haut que Ligny, du côté des moulins 5 à vent, une quinzaine de grosses pièces mises exprès commencèrent un autre roulement, auprès duquel celui de la fusillade n'était encore, pour ainsi dire, rien du tout. Ceux qui, par malheur, avaient déjà dépassé le chemin creux tombaient les uns sur les autres en tas 10 dans la fumée. Et dans le moment où cela nous arrivait, nous entendions aussi le feu de l'autre colonne s'engager à notre droite, et le grondement d'autres canons, sans savoir si c'étaient les nôtres ou ceux des Prussiens qui tiraient.

15 Heureusement, le bataillon n'avait pas encore dépassé la colline; les balles sifflaient et les boulets ronflaient dans les blés au-dessus de nous, en rabotant la terre, mais sans nous faire de mal. Chaque fois qu'il passait des rafles pareilles, les conscrits près de moi 20 baissaient la tête. Je me rappelle que Buche me regardait avec de gros yeux. Les anciens serraient les lèvres.

La colonne s'arrêta. Chacun réfléchissait s'il ne valait pas mieux redescendre, mais cela ne dura qu'une 25 seconde; dans le moment où la fusillade paraissait se ralentir, tous les officiers, le sabre en l'air, se mirent à crier:

« En avant! »

Et la colonne repartit au pas de course. Elle se 30 jeta d'abord dans le chemin qui descend à travers les haies, par-dessus les palissades et les murs où les Prussiens embusqués continuaient à nous fusiller. Malheur à ceux qu'on trouvait, ils se défendaient comme des loups, mais les coups de crosse et de baïonnette les étendaient bientôt dans un coin. Un assez grand 5 nombre, les vieux à moustaches grises, avaient préparé leur retraite; ils s'en allaient d'un pas ferme, en se retournant pour tirer leur dernier coup, et refermaient une porte, ou bien se glissaient dans une brèche. Nous les suivions sans relâche; on n'avait plus de 10 prudence ni de miséricorde, et finalement nous arrivâmes tout débandés aux premières maisons, où la fusillade recommença sur nous des fenêtres, du coin des rues et de partout.

Nous avions bien alors les vergers, les jardins, les 15 murs de pierres sèches qui descendaient le long de la colline, mais tout saccagés, bouleversés, les palissades arrachées, et qui ne pouvaient plus servir d'abri. Les cassines en face, bien barricadées, continuaient leur feu roulant sur nous. En dix minutes, ces Prussiens 20 nous auraient exterminés jusqu'au dernier. Alors, en voyant cela, la colonne se mit à redescendre, les tambours, les sapeurs, les officiers et les soldats pêle-mêle sans tourner la tête. Moi je sautais par-dessus les palissades, où jamais de la vie, dans un autre moment, 25 je n'aurais eu l'amour-propre de croire que je pouvais sauter, principalement avec le sac et la giberne sur le dos; et tous les autres faisaient comme moi: tout dégringolait comme un pan de mur.

Une fois dans le chemin creux, entre les collines, 30

on s'arrêta pour reprendre haleine, car la respiration vous manquait. Plusieurs même se couchaient par terre, d'autres s'asseyaient le dos contre le talus. Les officiers s'indignaient contre nous, comme s'ils
5 n'avaient pas suivi le mouvement de retraite; beaucoup criaient: «Qu'on fasse avancer les canons!» D'autres voulaient reformer les rangs, et c'est à peine si l'on s'entendait, au milieu de ce grand bourdonnement de la canonnade, dont l'air tremblait comme
10 pendant un orage.

Je vis Buche revenir en allongeant le pas; sa baïonnette était rouge de sang; il vint se placer près de moi sans rien dire, en rechargeant.

Plus de cent hommes du bataillon, le capitaine
15 Grégoire, le lieutenant Certain, plusieurs sergents et caporaux restaient dans les vergers; les deux premiers bataillons de la colonne avaient autant souffert que nous.

Zébédé, son grand nez crochu, tout pâle, en m'apercevant de loin, se mit à crier :

20 « Joseph . . . pas de quartier ! »

Des masses de fumée blanche passaient au-dessus de la butte. Toute la côte, depuis Ligny jusqu'à Saint-Amand, derrière les saules, les trembles et les peupliers qui bordent ces collines, était en feu.

25 J'avais grimpé jusqu'au niveau des blés, les deux mains à terre, et, voyant ce terrible spectacle, voyant jusqu'au haut de la côte, près des moulins, de grandes lignes d'infanterie noire, l'arme au pied, prêtes à descendre sur nous, et de la cavalerie innombrable sur les
30 ailes, je redescendis en pensant :

« Jamais nous ne viendrons à bout de cette armée ; elle remplit les villages, elle garde les chemins, elle couvre la côte à perte de vue, elle a des canons partout ; c'est contraire au bon sens de s'obstiner dans une entreprise pareille.»

J'étais indigné contre nos généraux, j'en étais même dégoûté.

Je croyais que nous avions déjà notre bonne part de malheurs, lorsque le général Gérard et deux autres généraux, Vichery et Schœffer, arrivèrent de la route au-dessous de nous, ventre à terre, en criant comme des furieux :

« En avant ! . . . en avant ! . . .»

Ils allongeaient leurs sabres, et l'on aurait dit que nous n'avions qu'à monter. Ce sont ces êtres obstinés qui poussent les autres à l'extermination, parce que leur fureur gagne tout le monde.

Nos canons, de la route plus bas, ouvraient leur feu dans le même moment sur Ligny ; les toits du village s'écroulaient, les murs s'affaissaient ; et d'un seul coup on se remit à courir en avant, les généraux en tête, l'épée à la main, et les tambours par derrière battant la charge. On criait : *Vive l'Empereur !* Les boulets prussiens vous raflaient par douzaines, les balles arrivaient comme la grêle, les tambours allaient toujours : *Pan ! . . . pan ! . . . pan ! . . .* On ne voyait plus rien, on n'entendait plus rien, on passait à travers les vergers ; ceux qui tombaient, on n'y faisait pas attention et, deux minutes après, on entrait dans le village, on enfonçait les portes à coups de crosse, pendant que les Prussiens vous fusillaient des fenêtres. C'était un vacarme mille fois pire que dehors, parce que les cris de fureur s'y mêlaient ; on s'engouffrait dans les maisons à coups de baïonnette ; on se massacrait sans miséricorde. De tous les côtés ne s'élevait qu'un cri :

« Pas de quartier ! »

Les Prussiens surpris dans les premières maisons n'en demandaient pas non plus. C'étaient tous de vieux soldats, qui savaient bien ce que signifiait : « Pas de quartier ! » Ils se défendaient jusqu'à la mort. . . .

Nous avions enfin exterminé tous les Prussiens de ce côté du ruisseau, excepté ceux qui se trouvaient embusqués dans la grande masure à gauche, en forme de tour et percée de trous. Des obus avaient mis le feu dans le haut, mais la fusillade continuait au-dessous ; il fallait éviter ce passage.

En avant de l'église, nous étions en force ; nous trouvâmes la petite place encombrée de troupes, l'arme au bras, prêtes à marcher ; il en arrivait encore d'autres par une grande rue qui traverse Ligny dans sa longueur. Une seule tête de colonne restait engagée en face du petit pont. Les Prussiens voulaient la repousser ; les feux de file se suivaient sans interruption, comme une eau qui coule. On ne voyait sur la place, à travers la fumée, que des baïonnettes, la façade de l'église, les généraux sur le perron donnant leurs ordres, les officiers d'ordonnance partant au galop, et dans les airs la vieille flèche d'ardoises, où les corneilles tourbillonnaient effrayées de ce bruit.

Le canon de Saint-Amand tonnait toujours.

Entre les pignons à gauche, on apercevait sur la côte de grandes lignes bleues et des masses de cavalerie en route du côté de Sombref, pour nous tourner. C'est là-bas, derrière nous, que devaient se livrer des combats à l'arme blanche entre les uhlans et nos hussards ! Combien nous en avons vu, le lendemain, de ces uhlans étendus dans la plaine !

Notre bataillon, ayant le plus souffert, passait alors en seconde ligne. Nous retrouvâmes tout de suite notre compagnie, que le capitaine Florentin commandait. Des canons arrivaient aussi par la même rue que nous ; les chevaux galopaient en écumant et secouant la tête comme furieux ; les pièces et les caissons écrasaient tout ; cela devait produire un grand vacarme ; mais, au milieu des coups de canon et du bourdonnement de la fusillade, on n'entendait rien. Tous les soldats criaient, quelques-uns chantaient, la main en l'air et le fusil sur l'épaule, mais on ne voyait que leurs bouches ouvertes.

J'avais repris mon rang auprès de Buche, et je commençais à respirer, lorsque tout se remit en mouvement.

Cette fois, il s'agissait de passer le ruisseau, de rejeter les Prussiens de Ligny, de remonter la côte derrière, et de couper leur armée en deux ; alors la bataille serait gagnée ! Chacun comprenait cela, mais, avec la masse de troupes qu'ils tenaient en réserve, ce n'était pas une petite affaire.

Tout marchait pour attaquer le pont; on ne voyait que les cinq ou six hommes devant soi. J'étais content de savoir que la colonne s'étendait bien loin en avant.

5 Ce qui me fit le plus de plaisir, c'est qu'au milieu de la rue, devant une grange dont la porte était défoncée, le capitaine Florentin arrêta la compagnie, et qu'on posta les restes du bataillon dans ces masures à moitié démolies, pour soutenir la colonne d'attaque 10 en tirant par les fenêtres.

Nous étions quinze hommes dans cette grange, que je vois encore avec son échelle qui monte par un trou carré, deux ou trois Prussiens morts contre les murs, la vieille porte criblée de balles, qui ne tenait plus 15 qu'à l'un de ses gonds, et, dans le fond, une lucarne qui donnait sur l'autre rue derrière. Zébédé commandait notre poste; le lieutenant Bretonville s'établit avec un autre peloton dans la maison en face, le capitaine Florentin ailleurs.

20 La rue était garnie de troupes jusqu'aux deux coins, près du ruisseau.

La première chose que nous essayâmes de faire, ce fut de redresser et de raffermir la porte; mais nous avions à peine commencé cet ouvrage, qu'on entendit 25 dans la rue un fracas épouvantable: les murs, les volets, les tuiles, tout était raflé d'un coup; deux hommes du poste, restés dehors pour soutenir la porte, tombèrent comme fauchés. En même temps, dans le lointain, près du ruisseau, les pas de la colonne en re- 30 traite se mirent à rouler sur le pont, pendant qu'une dizaine de coups pareils au premier soufflaient dans l'air et vous faisaient reculer malgré vous. C'étaient six pièces chargées à mitraille, que Blücher avait masquées au bout de la rue et qui commençaient leur feu. 5

Toute la colonne, tambours, soldats, officiers, à pied et à cheval, repassèrent en se poussant et se bousculant, comme un véritable ouragan. Personne ne regardait en arrière; ceux qui tombaient étaient perdus. A peine les derniers avaient-ils dépassé notre porte, 10 que Zébédé se pencha dehors pour voir, et, dans la même seconde, il nous cria d'une voix terrible:

« Les Prussiens! »

Il fit feu. Plusieurs d'entre nous étaient déjà sur l'échelle; mais avant que l'idée de grimper me fût 15 venue, les Prussiens étaient là. Zébédé, Buche et tous ceux qui n'avaient pas eu le temps de monter les repoussaient à la baïonnette. Il me semble encore voir ces Prussiens,—avec leurs grandes moustaches, leurs figures rouges et leurs shakos plats,—furieux 20 d'être arrêtés. Je n'ai jamais eu de secousse pareille. Zébédé criait: « Pas de quartier! » comme si nous avions été les plus forts. Aussitôt il reçut un coup de crosse sur la tête et tomba.

Je vis qu'il allait être massacré, cela me retourna le 25 cœur. . . . Je sortis en criant: « A la baïonnette! » Et tous ensemble nous tombâmes sur ces gueux, pendant que les camarades tiraient d'en haut, et que les maisons en face commençaient la fusillade.

Ces Prussiens alors reculèrent, mais il en venait 30

plus loin un bataillon tout entier. Buche prit Zébédé sur ses épaules et monta. Nous n'eûmes que le temps de le suivre, en criant:

« Dépêche-toi ! »

5 Nous l'aidions de toutes nos forces à grimper. J'étais l'avant-dernier. Je croyais que cette échelle n'en finirait jamais, car des coups de fusil éclataient déjà dans la grange. Enfin nous arrivâmes heureusement.

10 Nous avions tous la même idée, c'était de retirer l'échelle; et voyez quelle chose affreuse! en la tirant à travers les coups de fusil qui partaient d'en bas, nous reconnûmes qu'elle était trop grande pour entrer dans le grenier. Cela nous rendit tout pâles. Zé-15 bédé, qui se réveillait, nous dit:

« Mettez donc un fusil dans les échelons ! »

Et cette idée nous parut une inspiration d'en haut.

Mais c'est au-dessous qu'il fallait entendre le va-20 carme. Toute la rue était pleine de Prussiens, et notre grange aussi. Ces gens ne se possédaient plus de rage; ils étaient pires que nous et répétaient sans cesse:

« Pas de prisonniers ! »

25 Nos coups de fusil les indignaient; ils enfonçaient les portes, et l'on entendait les combats dans les maisons, les chutes, les malédictions en français et en allemand, les commandements du lieutenant Bretonville en face, ceux des officiers prussiens ordonnant 30 d'aller chercher de la paille pour mettre le feu. Par

bonheur, les récoltes n'étaient pas faites; ils nous auraient tous brûlés.

On tirait dans notre plancher; mais c'étaient de bons madriers en chêne, où les balles tapaient comme des coups de marteau. Nous, les uns derrière les autres, nous continuions la fusillade dans la rue; chaque coup portait.

Il paraît que ces gens avaient repris la place de l'Église, car on n'entendait plus le roulement de notre feu que bien loin. Nous étions seuls, à deux ou trois cents hommes, au milieu de trois ou quatre mille.

Alors je m'écriai en moi-même:

«Voici ta fin, Joseph! jamais tu ne te réchapperas d'ici, c'est impossible!»

Et je n'osais pas seulement penser à Catherine, mon cœur grelottait. Nous n'avions pas de retraite; les Prussiens tenaient les deux bouts de la rue et les ruelles derrière, ils avaient déjà repris quelques maisons. Mais tout se taisait . . . ils préparaient quelque chose: ils cherchaient du foin, de la paille, des fagots, ou bien ils faisaient avancer leurs pièces pour nous démolir.

Nos fusiliers regardaient aux lucarnes et ne voyaient rien, la grange était vide. Ce silence près de nous était plus terrible que le tumulte de tout à l'heure.

Zébédé venait de se relever, le sang lui coulait du nez et de la bouche.

«Attention! disait-il, nous allons voir arriver l'attaque; les gueux se préparent. Chargez.»

Il finissait à peine de parler que la maison tout entière, depuis les pignons jusqu'aux fondements, était secouée comme si tout entrait sous terre; les poutres, les lattes, les ardoises, tout descendait dans cette secousse, pendant qu'une flamme rouge montait d'en bas sous nos pieds jusqu'au-dessus du toit.

Nous tombâmes tous à la renverse. Une bombe allumée, que les Prussiens avaient fait rouler dans la grange, venait d'éclater.

En me relevant, j'entendis un sifflement dans mes oreilles; mais cela ne m'empêcha pas de voir une échelle se poser à notre lucarne, et Buche qui lançait au dehors de grands coups de baïonnette.

Les Prussiens voulaient profiter de notre surprise pour monter et nous massacrer; cette vue me donna froid, je courus bien vite au secours de Buche.

Ceux des camarades qui n'avaient pas été tués arrivèrent aussi criant:

« *Vive l'Empereur*! »

Je n'entendais pour ainsi dire plus. Le bruit devait être épouvantable, car la fusillade d'en bas et celle des fenêtres éclairaient toute la rue, comme une flamme qui se promène. Nous avions renversé l'échelle, et nous étions encore six: deux sur le devant qui tiraient, quatre derrière qui chargeaient et leur passaient les fusils.

Dans cette extrémité, j'étais devenu calme, je me résignais à mon malheur, en pensant:

« Tâche de conserver ta vie! »

Les autres sans doute pensaient la même chose, et nous faisions un grand carnage.

Ce moment de presse dura bien un quart d'heure; ensuite le canon se mit à tonner, et quelques secondes après, les camarades en avant se penchèrent à la fenêtre et cessèrent le feu. 5

Les cris de *Vive l'Empereur*! se rapprochaient: tout à coup notre tête de colonne, son drapeau tout noir et déchiré, déboucha sur la petite place en gagnant notre rue. 10

Les Prussiens battaient en retraite. Nous aurions tous voulu descendre, mais deux ou trois fois notre colonne s'arrêta devant la mitraille. Les cris et la canonnade se confondaient de nouveau. Zébédé, qui regardait dehors, courut enfin descendre l'échelle; 15 notre colonne dépassait la grange, et nous descendîmes tous à la file, sans regarder les camarades, hachés par les éclaboussures de la bombe, et dont plusieurs nous criaient d'une voix déchirante de les emporter.

Mais voilà les hommes: la peur d'être pris les rend 20 barbares!

Longtemps après, ces choses abominables nous reviennent. On donnerait tout pour avoir eu du cœur, de l'humanité: mais il est trop tard.

VI.

LA BATAILLE EST GAGNÉE.

C'est ainsi que nous sortîmes à six de cette grange, où nous étions entrés quinze une heure avant, Buche et Zébédé se trouvaient dans le nombre des vivants; les Phalsbourgeois avaient eu de la chance.

5 Une fois dehors, il fallut suivre l'attaque.

Nous avancions sur des tas de morts. Nous avons su le lendemain que cette masse de Prussiens entassés dans la rue du Petit-Pont avaient été mitraillés par quelques pièces en batterie devant l'église: l'obstina-
10 tion de ces gens avait causé leur ruine.

Blücher n'attendait que le moment de nous en faire autant; mais, au lieu de passer le pont, on nous fit obliquer à droite et garnir les maisons qui longent le ruisseau. Les Prussiens tiraient sur nous de toutes
15 les fenêtres en face. Lorsque nous fûmes embusqués dans les maisons, nous ouvrîmes le feu sur leurs pièces, ce qui les força de reculer.

On parlait déjà d'attaquer l'autre partie du village, quand le bruit se répandit qu'une colonne prussienne,
20 forte de quinze à vingt mille hommes, arrivait de Charleroi sur nos derrières. Personne n'y comprenait plus rien; nous avions tout balayé depuis les rives de la Sambre. Cette colonne, qui nous tombait sur le dos, était donc cachée dans les bois.

Il pouvait être alors six heures et demie, le combat de Saint-Amand semblait grandir, Blücher portait toutes ses forces de ce côté ; c'était le beau moment pour emporter l'autre partie du village, mais cette colonne nous forçait d'attendre. 5

Les rangées de maisons, des deux côtés du ruisseau, étaient garnies de troupes: à droite les Français, à gauche les Prussiens. La fusillade avait cessé, quelques coups de fusils partaient bien encore, mais c'étaient des coups visés. On s'observait les uns les 10 autres, comme pour dire :

« Respirons ! tout à l'heure nous allons nous rempoigner. »

Les Prussiens, dans la maison en face, avec leurs habits bleus, leurs shakos de cuir, leurs moustaches re- 15 troussées, étaient tous des hommes solides, de vieux soldats, le menton carré et les oreilles écartées de la tête. On aurait cru qu'ils devaient nous bousculer d'un coup.

Le combat de Saint-Amand devenait plus terrible, 20 les roulements de la canonnade semblaient s'élever les uns sur les autres, et, si nous n'avions pas été tous en face de la mort, nous n'aurions pu nous empêcher d'admirer ce bruit grandiose.

A chaque roulement, des centaines d'hommes 25 avaient péri, et cela ne s'interrompait pas ; la terre en tremblait.

Nous respirions, mais bientôt nous sentîmes une soif extraordinaire. En se battant, personne n'avait éprouvé cette soif terrible ; alors tout le monde voulait boire. 30

Notre maison formait le coin à gauche du pont, et le peu d'eau qui coulait sur la bourbe était rouge de sang. Mais entre notre maison et la voisine, au milieu d'un petit jardin, se trouvait un puits d'arrosage; nous regardions tous ce puits avec sa margelle et ses deux poteaux de bois. Malgré la mitraille, les seaux pendaient encore à la chaîne; trois hommes, la face contre terre et les mains en avant, étaient couchés dans le sentier qui menait à cet endroit; ils avaient aussi voulu boire, et les Prussiens les avaient tués.

Nous étions donc tous l'arme au pied à regarder le puits. L'un disait:

« Je donnerais la moitié de mon sang pour un verre d'eau. »

L'autre:

« Oui, mais les Prussiens attendent! »

C'était vrai; les Prussiens, à cent pas de nous, et qui peut-être avaient aussi soif, devinaient ce que nous pensions.

Les coups de fusil qu'on tirait encore venaient de cela: quand, le long de la rue, quelqu'un sortait, on le fusillait aussitôt, et de cette manière nous nous faisions souffrir tous comme des malheureux.

Cela durait au moins depuis une demi-heure, lorsque la canonnade s'étendit entre Saint-Amand et Ligny, et tout de suite nous vîmes qu'on tirait à mitraille sur les Prussiens, à mi-côte entre les deux villages, car à chaque décharge leurs colonnes épaisses étaient traversées; cette nouvelle attaque produisit une grande agitation. Buche, qui jusqu'à ce moment n'avait pas bougé, sortit par la ruelle du jardin et courut au puits ; il se mit derrière la margelle, et les deux maisons en face commencèrent la fusillade sur lui, de sorte que bientôt la pierre et les poteaux furent criblés de balles. Mais alors nous recommençâmes à tirer sur les fenêtres, et dans une minute la fusillade fut rallumée d'un bout du village à l'autre ; la fumée s'étendait partout.

Dans cet instant, une voix criait en bas :

« Joseph . . . Joseph ! . . . »

C'était Buche ; il avait eu le courage de tirer le seau, de le décrocher et d'arriver après avoir bu.

Plusieurs anciens voulaient lui prendre le seau, mais il criait :

« Mon camarade d'abord ! Lâchez, ou je verse tout ! »

Il fallut bien m'attendre. Je bus tout ce que je pouvais ; ensuite les autres, et ceux qui restaient en haut descendirent et burent tant qu'il en resta.

C'est en ce moment que Buche montra qu'il m'aimait.

Nous remontâmes ensemble bien contents.

Je pense qu'il était alors plus de sept heures, le soleil se couchait, l'ombre de nos maisons s'allongeait jusque sur le ruisseau ; celles des Prussiens restaient éclairées, ainsi que la côte de Bry, où de nouvelles troupes descendaient au pas de course. La canonnade n'avait jamais été si forte de notre côté.

Tout le monde sait aujourd'hui qu'entre sept et

huit heures du soir, à la nuit tombante, l'Empereur ayant reconnu que la colonne de Prussiens qu'on avait signalée sur nos derrières était le corps du général d'Erlon,—égaré entre la bataille de Ney aux 5 Quatre-Bras contre les Anglais, et la nôtre,—avait ordonné tout de suite à la vieille garde de nous soutenir.

Un lieutenant, qui se trouvait avec nous, disait: « Voici la grande attaque. Attention! »

10 Toute la cavalerie des Prussiens fourmillait entre les deux villages. On sentait, sans le voir, un grand mouvement derrière nous. Le lieutenant répétait:

« Attention au commandement! Que personne ne reste après le commandement! Voici l'attaque. »

15 Nous ouvrions tous l'œil.

Plus la nuit s'avançait, plus le ciel devenait rouge du côté de Saint-Amand. A force d'entendre la canonnade, on n'y faisait plus attention; mais, à chaque décharge, on peut dire que le ciel prenait feu.

20 Le tumulte augmentait derrière nous.

Tout à coup, la grande rue qui longe le ruisseau fut pleine de nos troupes, depuis le pont jusqu'à l'autre bout de Ligny. Sur la gauche et plus loin encore, les Prussiens tiraient des fenêtres; nous ne répondions 25 plus. On criait:

« La garde! . . . c'est la garde! »

Je ne sais pas comment toute cette masse d'hommes passa le fossé plein de bourbe; c'est bien sûr avec des planches, car d'un instant à l'autre nos troupes en 30 masse étaient sur la rive gauche.

La grande batterie des Prussiens au haut du ravin, entre les deux villages, faisait des rues dans nos colonnes; mais elles se refermaient aussitôt et montaient toujours.

Ce qui restait de notre division courait sur le pont; des canonniers à cheval avec leurs pièces suivaient au galop.

Alors nous descendîmes aussi, mais nous n'étions pas encore au pont que des cuirassiers se mettaient à défiler; après les cuirassiers arrivèrent des dragons et des grenadiers à cheval de la garde. Il en passait partout, à travers et même autour du village: c'était comme une armée toute neuve, une armée innombrable.

Le massacre recommençait en haut; cette fois, c'était la bataille en rase campagne. La nuit venait, les carrés prussiens se dessinaient en feu sur la côte.

Nous courions, enjambant les morts et les blessés. Une fois hors du village, nous vîmes ce que l'on peut appeler une mêlée de cavalerie; on ne distinguait pour ainsi dire que des cuirasses blanches qui traversaient les lignes des uhlans. . . . Tout se mêlait, puis les cuirassiers se reformaient et repartaient comme un mur.

Il faisait déjà sombre, la masse de fumée empêchait de voir à cinquante pas devant soi. Tout s'ébranlait, tout montait vers les moulins; le roulement du galop, les cris, les commandements, les feux de file bien loin, tout se confondait. Plusieurs carrés étaient rompus. De temps en temps, un coup de feu vous montrait quelques cavaliers, un lancier penché sur son cheval, un cuirassier avec son gros dos blanc, son casque et sa queue de cheval flottante, lancé comme un boulet, deux ou trois fantassins courant au milieu 5 de la bagarre: cela passait comme un éclair! Et les blés foulés, la pluie qui rayait le ciel, car un orage venait d'éclater, les blessés sous les pieds des chevaux, tout sortait de la nuit un quart de seconde.

A chaque coup de fusil ou de pistolet, on voyait des 10 choses pareilles, par mille et par mille, qu'on ne peut s'expliquer. Mais tout montait, tout s'éloignait de Ligny; nous étions les maîtres, nous avions enfoncé le centre de l'ennemi; les Prussiens ne se défendaient plus que tout en haut de la colline, près des moulins, 15 et dans la direction de Sombref, sur notre droite: Saint-Amand et Ligny nous restaient.

Alors, nous autres, à dix ou douze de la compagnie, contre les décombres des cassines, la giberne presque vide, nous ne savions plus de quel côté tourner. 20 Zébédé, le lieutenant Bretonville et le capitaine Florentin avaient disparu; le sergent Rabot nous commandait.

Rien qu'en parlant de lui, je l'entends nous dire tranquillement:

25 « La bataille est gagnée! Par file à droite, en avant, marche! »

Plusieurs demandaient à faire la soupe, car depuis douze heures on commençait à sentir la faim; et le sergent, le fusil sur l'épaule, descendait la ruelle en 30 riant tout bas, et répétait d'un air moqueur:

« La soupe ! la soupe ! Attendez, l'administration des vivres va venir. »

A vingt pas plus loin se trouvait une vieille cassine toute criblée de boulets, mais elle avait encore la moitié de son toit de chaume ; c'est pourquoi le sergent Rabot la choisit, et nous entrâmes dans ce réduit à la file.

On n'y voyait pas plus que dans un four ; le sergent fit partir une amorce, et nous vîmes que c'était une cuisine ; l'âtre à droite, l'escalier à gauche, et cinq ou six Prussiens et Français étendus à terre, blancs comme de la cire, et les yeux ouverts.

« Allons, dit le sergent, voici la chambrée, que chacun s'arrange ; les camarades de lit ne nous donneront pas de coups de pieds. »

Comme on voyait bien qu'il ne fallait pas compter sur la distribution, chacun, sans rien dire, déboucla son sac, le mit au pied du mur et s'étendit l'oreille dessus. On entendait encore la fusillade, mais bien loin sur la côte. La pluie tombait à verse. Le sergent tira la porte qui grinçait, puis alluma sa pipe tranquillement, pendant que plusieurs ronflaient déjà. Il finit aussi par se coucher sur son sac, et bientôt après nous dormions tous.

Cela durait depuis longtemps, lorsque je fus réveillé par un bruit... On rôdait autour de notre cassine... je me levai sur la main pour écouter... Dans le même instant, on essayait d'ouvrir la porte. Alors je ne pus retenir un cri.

« Qu'est-ce que c'est ? » demanda le sergent.

Et comme des pas s'éloignaient en courant, il dit en se retournant sur son sac:

« Ah! les oiseaux de nuit... Allez... canailles!... allez, ou je vais vous envoyer une balle! »

5 Ensuite il ne dit plus rien. Moi, je m'étais approché de la fenêtre, et je voyais tout le long de la ruelle des maraudeurs en train de fouiller les blessés et les morts. Ils allaient doucement de l'un à l'autre, la pluie tombait par torrents: c'était quelque chose 10 d'horrible.

Je me recouchai pourtant et me rendormis à cause de la grande fatigue.

Au petit jour, le sergent était debout et criait:

« En route! »

15 Nous ressortîmes de la cassine en remontant la ruelle.

Nous allongions le pas dans un sentier qui longe Ligny: les sillons et quelques carrés de jardinage aboutissaient sur ce chemin. Le sergent regardait 20 en passant; il se baissa pour déterrer quelques restes de carottes et de navets. Je me dépêchai de faire comme lui, pendant que les camarades se pressaient sans tourner la tête.

Je vis là que c'est une bonne chose de connaître 25 les fruits de la terre, car je trouvai deux beaux navets et des carottes, qui sont très bonnes crues; mais je suivis l'exemple du sergent et je les mis dans mon shako.

Je courus ensuite pour rattraper le peloton, qui se 30 dirigeait sur les feux de Sombref.

Mon seul plaisir, c'était d'avoir des carottes et des navets, car, en passant derrière les bivouacs pour demander la place du bataillon, nous avions appris que les distributions n'avaient pas été faites; on n'avait reçu que la ration d'eau-de-vie et des cartouches. 5

Les anciens étaient en route pour emplir les marmites. Les conscrits qui ne savaient pas encore la manière de vivre en campagne, et qui par malheur avaient déjà mangé leur pain, comme il arrive à vingt 10 ans, lorsqu'on marche et qu'on a bon appétit, ceux-là devaient se passer de tremper la cuiller.

Vers sept heures nous arrivâmes enfin au bivouac. Zébédé, en me voyant, parut joyeux; il vint à ma rencontre et me dit: 15

« Je suis content de te voir, Joseph; mais qu'est-ce que tu apportes? Nous avons trouvé un biquet bien gras; nous avons aussi du sel, mais pas une croûte de pain. »

Je lui fis voir le riz qui me restait, mes carottes et 20 mes navets. Il me dit:

« C'est bien: nous allons avoir le meilleur bouillon du bataillon. »

Je voulus que Buche pût aussi manger avec nous, et les six hommes de notre marmite qui s'en étaient 25 tous réchappés par hasard, avec des coups de crosse et des égratignures, y consentirent. Le tambour-maître Padoue dit en riant:

« Les anciens sont toujours les anciens, ils n'arrivent jamais les mains vides. » 30

Nous regardions de côté la marmite de cinq conscrits, où l'on ne voyait bouillir que du riz dans de l'eau claire, et nous clignions de l'œil, car nous avions une bonne soupe grasse qui répandait son 5 odeur dans tous les environs.

A huit heures, nous mangeâmes avec un appétit qu'on peut s'imaginer. Non, pas même le jour de mes noces, je n'ai fait un meilleur repas; c'est encore une satisfaction aujourd'hui pour moi d'y penser. 10 Quand l'âge arrive, on n'a plus l'enthousiasme de la jeunesse pour de pareilles choses; mais ce sont toujours d'agréables souvenirs. Et ce bon repas nous a soutenus longtemps; les pauvres conscrits, avec leur reste de pain trempé comme de la pâte par l'averse, 15 devaient en voir de dures le lendemain 18. Nous devions avoir une campagne bien courte et bien terrible. Enfin tout est passé maintenant; mais ce n'est pas sans attendrissement qu'on songe à ces grandes misères, et qu'on remercie Dieu d'en être 20 réchappé.

Le temps semblait se remettre au beau, le soleil recommençait à briller dans les nuages. Nous venions à peine de manger que le rappel battait sur toute la ligne.

25 Il faut savoir qu'en ce moment les Prussiens retiraient seulement leur arrière-garde de Sombref, et qu'il était question de se mettre à leur poursuite. Plusieurs même disaient qu'on aurait dû commencer par là, en envoyant bien loin notre cavalerie 30 légère pour récolter des prisonniers. Mais on ne

les écoutait pas; l'Empereur savait bien ce qu'il faisait.

Je me rappelle pourtant que tout le monde s'étonnait, parce que c'est l'habitude de profiter des victoires. Les anciens n'avaient jamais vu cela. On croyait que l'Empereur préparait un grand coup, qu'il avait fait tourner l'ennemi par Ney, et d'autres choses semblables.

En attendant, l'appel commença; le général Gérard vint passer la revue du 4e corps. Notre bataillon avait le plus souffert, à cause des trois attaques où nous avions toujours été en tête: nous avions le commandant Gémeau et le capitaine Vidal blessés; les capitaines Grégoire et Vignot tués; sept lieutenants et sous-lieutenants et trois cent soixante hommes hors de combat.

Heureusement le quatrième bataillon, commandant Delong, arrivant de Metz, vint alors nous remplacer en ligne.

Le capitaine Florentin, qui nous commandait, cria:

« Par file à gauche! » et nous descendîmes au village jusque près de l'église, où stationnaient une quantité de charrettes.

On nous distribua par escouades pour surveiller l'enlèvement des blessés. Quelques détachements de chasseurs eurent l'ordre d'escorter les convois jusqu'à Fleurus, parce qu'à Ligny la place manquait; l'église était déjà pleine de ces malheureux.

Ce n'est pas nous qui choisissions les blessés, mais

les chirurgiens militaires et quelques médecins du pays mis en réquisition; il était trop difficile de reconnaître un grand nombre de ces blessés d'entre les morts. Nous aidions seulement à les étendre sur
5 la paille, dans les charrettes.

VII.

BATAILLE DE WATERLOO.

Le relèvement des blessés continua jusqu'au soir. Vers midi, les cris de: *Vive l'Empereur!* se prolongeaient sur toute la ligne de nos bivouacs, depuis le village de Bry jusqu'à Sombref. Napoléon avait quitté Fleurus avec son état-major; il passait la revue de l'armée sur le plateau. Ces cris durèrent environ une heure, puis tout se tut; l'armée devait être alors en marche.

Nous attendîmes longtemps l'ordre de suivre; comme il ne venait pas, le capitaine Florentin finit par aller voir, et revint ventre à terre en criant:

« Battez le rappel! »

Les détachements du bataillon se réunirent, et l'on se mit à remonter le village au pas accéléré. Tout était parti. Bien d'autres pelotons n'avaient pas reçu d'ordres, et du côté de Saint-Amand les rues étaient pleines de soldats. Quelques compagnies, restées en arrière, gagnaient à travers champs la route à gauche, où l'on voyait s'étendre une queue de colonne à perte de vue: des caissons, des fourgons, des bagages de toute sorte.

J'ai souvent pensé que nous aurions eu de la chance en ce jour d'être laissés en arrière comme la division Gérard, à Saint-Amand; on n'aurait jamais pu nous faire de reproches. Puisque nous avions ordre de relever les blessés, nous étions en règle; mais le capitaine Florentin se serait cru déshonoré.

Nous marchions en allongeant le pas. Il s'était remis à pleuvoir; on glissait dans la boue, et la nuit venait. Jamais je n'ai vu de temps plus abominable, pas même en Allemagne, à la retraite de Leipzig; la pluie tombait comme d'un arrosoir, et nous allions en arrondissant le dos, le fusil sous le bras, le pan de la capote sur la batterie, tellement trempés, qu'en traversant une rivière ce n'aurait pas été pire. Et quelle boue! Avec cela, on recommençait à sentir la faim. Buche me répétait de temps en temps:

« C'est égal, une douzaine de grosses pommes de terre cuites sous la cendre, comme au Harberg, me réjouiraient joliment la vue. On ne mange pas tous les jours de la viande chez nous, mais on a des pommes de terre! »

Moi, je revoyais en rêve notre petite chambre de Phalsbourg, bien chaude, la table blanche, le père Goulden assis devant son assiette, et Catherine qui nous servait de la bonne soupe grasse, pendant que les côtelettes fumaient sur le gril. La tristesse d'être là m'accablait; s'il n'avait fallu que me souhaiter la mort pour être débarrassé de tout, depuis longtemps je ne serais plus de ce monde.

La nuit était venue; elle était toute grise; sans les ornières, où l'on enfonçait jusqu'aux genoux, on aurait eu de la peine à reconnaître son chemin; mais on n'avait qu'à marcher dans la boue, et l'on était sûr de ne pas se tromper.

Entre sept et huit heures, on entendit, au loin comme des roulements de tonnerre; les uns disaient:

« C'est l'orage! » 5

Les autres:

« C'est le canon! »

Beaucoup de soldats débandés nous suivaient. A huit heures, nous arrivâmes aux Quatre-Bras. Ce sont deux maisons en face l'une de l'autre, au croise- 10 ment de la route de Nivelles à Namur avec celle de Bruxelles à Charleroi; ces maisons étaient encombrées de blessés. C'est là que le maréchal Ney avait livré bataille aux Anglais pour les empêcher d'arriver au secours des Prussiens, par le chemin que nous 15 venions de suivre. Il n'avait que vingt mille hommes contre quarante mille, et Nicolas Cloutier, le tanneur, soutient encore aujourd'hui qu'il aurait dû nous envoyer la moitié de ses troupes pour prendre les Prussiens par derrière, comme si ce n'avait pas été bien 20 assez d'arrêter les autres. Enfin, pour des gens pareils, tout est facile; seulement, s'ils commandaient eux-mêmes, on les mettrait en déroute avec quatre hommes et un caporal.

Au-dessous, dans les champs d'orge et d'avoine, 25 tout était plein de morts. C'est là que je vis les premiers habits rouges étendus sur la route.

Le capitaine nous ordonna de faire halte; il entra seul dans la maison à droite. Nous attendions depuis quelque temps à la pluie, lorsqu'il ressortit sur la 30 porte avec le général de division Donzelot, qui riait parce que nous aurions dû suivre l'armée de Grouchy du côté de Namur, et que le manque d'ordres nous avait fait tourner vers les Quatre-Bras. Nous reçûmes pourtant l'ordre de continuer notre chemin sans nous arrêter.

Je croyais à chaque minute tomber en faiblesse; mais cela devint encore pire lorsque nous eûmes rattrapé les bagages; car il fallait marcher sur le revers de la route, dans les champs, et plus on avançait, plus on enfonçait dans la terre grasse.

Vers onze heures, nous arrivâmes dans un grand village appelé Genappe, qui s'étend sur les deux côtés de la route. L'encombrement des fourgons, des canons et des bagages dans cette rue nous força de passer la Thy à droite sur un pont, et, depuis cet endroit, nous ne fîmes plus que marcher à travers les champs, dans les blés, dans les chanvres, comme des sauvages qui ne respectent rien. La nuit était si sombre, que des dragons à cheval, posés de deux cents pas en deux cents pas, comme des poteaux, vous criaient:

« Par ici! par ici! »

Nous arrivâmes à minuit au tournant d'un chemin, près d'une espèce de ferme couverte en chaume et pleine d'officiers supérieurs. Ce n'était pas loin de la grande route, car on entendait défiler la cavalerie, l'artillerie et les équipages comme un torrent.

Le capitaine venait à peine d'entrer à la ferme, que plusieurs d'entre nous se précipitèrent dans le jardin à travers les haies. Je fis comme les autres, et j'empoignai des raves. Presque aussitôt tout le bataillon suivit ce mouvement, malgré les cris des officiers; chacun se mit à déterrer ce qu'il put avec sa baïonnette, et, deux minutes après, il ne restait plus rien. Les sergents et les caporaux étaient venus avec nous; 5 lorsque le capitaine revint, on avait déjà repris les rangs.

Ceux qui volent et pillent en campagne méritent d'être fusillés, mais que voulez-vous! les villages qu'on rencontrait n'avaient pas le quart de vivres qu'il 10 aurait fallu pour nourrir tant de monde. Les Anglais avaient déjà presque tout pris. Il nous restait bien encore un peu de riz, mais le riz sans viande ne soutient pas beaucoup. Les Anglais, eux, recevaient des bœufs et des moutons de Bruxelles; ils étaient bien 15 nourris et tout luisants de bonne santé. Nous autres, nous étions venus trop vite, les convois de vivres étaient en retard; et le lendemain, qui devait être la terrible bataille de Waterloo, nous ne reçûmes que la ration d'eau-de-vie. 20

Enfin, en partant de là, nous montâmes une petite côte, et, malgré la pluie, nous aperçûmes les bivouacs des Anglais. On nous fit prendre position dans les blés entre plusieurs régiments qu'on ne voyait pas, parce qu'on avait l'ordre de ne pas allumer de feu, de 25 peur d'effaroucher l'ennemi s'il nous voyait en ligne, et de le décider à continuer sa retraite.

Maintenant, représentez-vous des hommes couchés dans les blés, sous une pluie battante, comme de véritables Bohémiens, grelottant de froid, songeant à 30

massacrer leurs semblables, et bien heureux d'avoir un navet, une rave ou n'importe quoi pour soutenir un peu leurs forces. Est-ce que c'est la vie d'honnêtes gens? Est-ce que c'est pour cela que Dieu nous a
5 créés et mis au monde? Est-ce que ce n'est pas une véritable abomination de penser qu'un roi, un empereur, au lieu de surveiller les affaires de son pays, d'encourager le commerce, de répandre l'instruction, la liberté et les bons exemples, vienne nous réduire
10 par centaines de mille à cet état? . . . Je sais bien qu'on appelle cela de la gloire; mais les peuples sont bien bêtes de glorifier des gens pareils. . . Oui, il faut avoir perdu toute espèce de bon sens, de cœur et de religion.

15 Tout cela ne nous empêchait pas de claquer des dents, et de voir en face de nous les Anglais, qui se réchauffaient et se gobergeaient autour de leurs grands feux, après avoir reçu leur ration de bœuf, d'eau-de-vie et de tabac.

20 Entre deux et trois heures de la nuit, la pluie avait cessé. Buche et moi, nous étions dos à dos dans le creux d'un sillon, pour nous réchauffer, et la grande fatigue avait fini par m'endormir.

Une chose que je n'oublierai jamais, c'est le
25 moment où je me réveillai, vers les cinq heures du matin; les cloches des villages sonnaient matines sur cette grande plaine; et, regardant les blés renversés, les camarades couchés à droite et à gauche, le ciel gris, cette grande désolation me fit grelotter le cœur.
30 Le son des cloches qui se répondaient de Planchenois

à Genappe, à Frichemont, à Waterloo me rappelaient Phalsbourg; je me disais:

« C'est aujourd'hui dimanche, un jour de paix et de repos. M. Goulden a mis hier son bel habit au dos de la chaise, avec une chemise blanche. Il se lève maintenant et pense à moi. . . Catherine aussi se lève dans notre petite chambre; elle est assise sur le lit et pleure; et la tante Grédel aux Quatre-Vents pousse ses volets; elle a tiré de l'armoire son livre de prières pour aller à la messe. »

Je me figurais cette bonne vie tranquille . . . J'aurais voulu fondre en larmes ! Mais le roulement commençait, un roulement sourd comme dans les temps humides, quelque chose de sinistre. Du côté de la grande route, à gauche, on battait la générale, les trompettes de cavalerie sonnaient le réveil. On se levait, on regardait par-dessus les blés. Ces trois jours de marche et de combats, le mauvais temps et l'oubli des rations avaient rendu les hommes plus sombres. On ne parlait pas comme à Ligny ; chacun regardait et réfléchissait pour son propre compte.

On voyait aussi que ce serait une plus grande bataille, parce qu'au lieu d'avoir des villages bien occupés en première ligne, et qui font autant de combats séparés, ici c'était une grande plaine élevée, nue, occupée par les Anglais ; derrière leurs lignes, au haut de la côte, se trouvait le village de Mont-Saint-Jean, et beaucoup plus loin, à près d'une lieue et demie, une grande forêt qui bordait le ciel.

Entre les Anglais et nous, le terrain descendait

doucement et se relevait de notre côté ; mais il fallait avoir l'habitude de la campagne pour voir ce petit vallon, qui devenait plus profond à droite et se resserrait en forme de ravin. Sur la pente de ce ravin, de 5 notre côté, derrière des haies, des peupliers et d'autres arbres, quelques maisons couvertes de chaume indiquaient un hameau : c'était Planchenois. Dans la même direction, mais bien plus haut et derrière la gauche de l'ennemi, s'étendait une plaine à perte de 10 vue, parsemée de petits villages.

C'est en temps de pluie, après un orage, que ces choses se distinguent le mieux ; tout est bleu sombre sur un fond clair. On découvrait jusqu'au petit village de Saint-Lambert, à trois lieues de nous sur la droite. 15 A notre gauche, et derrière la droite des Anglais, se voyaient aussi d'autres petits villages dont je n'ai jamais su le nom.

Voilà ce que nous découvrions au premier coup d'œil, dans ce grand pays plein de magnifiques récol- 20 tes encore en fleur, et chacun se demandait pourquoi les Anglais étaient là, quel avantage ils avaient à garder cette position. Alors on observait mieux leur ligne, à quinze cents ou deux mille mètres de nous, et l'on voyait que la grande route que nous avions suivie 25 depuis les Quatre-Bras, et qui se rend à Bruxelles, cette route large, bien arrondie et même pavée au milieu, traversait la position de l'ennemi à peu près au centre ; elle était droite, et l'on pouvait la suivre des yeux jusqu'au village de Mont-Saint-Jean, et même 30 plus loin, jusqu'à l'entrée de la grande forêt de Soignes. Les Anglais voulaient donc la défendre, pour nous empêcher d'aller à Bruxelles.

En regardant bien, on voyait que leur ligne de bataille se courbait un peu de notre côté sur les deux ailes, et suivait un chemin creux qui coupait la route 5 de Bruxelles en croix. Ce chemin était tout à fait creux à gauche de la route, à droite il était bordé de grandes haies de houx et de petits hêtres, comme il s'en trouve dans ce pays. Là derrière étaient postées des masses d'habits rouges, qui nous observaient de 10 leur chemin couvert; le devant de leur côte descendait en pente comme des glacis: c'était très dangereux.

Et sur leurs ailes, qui se prolongeaient d'environ trois quarts de lieue, était de la cavalerie innombrable. On voyait aussi de la cavalerie sur le haut du plateau, 15 dans l'endroit où la grande route, après avoir passé la colline, descend avant de remonter vers Mont-Saint-Jean; car on comprenait très bien qu'il se trouvait un creux entre la position des Anglais et ce village, pas bien profond, puisque les plumets de la cavalerie 20 s'apercevaient, mais assez profond pour y tenir de grandes forces en réserve à l'abri de nos boulets.

J'avais déjà vu Weissenfelz, Lutzen, Leipzig et Ligny: je commençais à comprendre ce que les choses veulent dire, pourquoi l'on se place d'une 25 manière plutôt que d'une autre, et je trouvais que ces Anglais s'étaient très bien arrangés dans leur chemin pour défendre la route, et que leurs réserves, bien abritées sur le plateau, montraient chez ces gens beaucoup de bon sens naturel. 30

Malgré cela, trois choses me parurent alors avantageuses pour nous. Ces Anglais, avec leur chemin couvert et leurs réserves bien cachées étaient comme dans une fortification. Mais tout le monde sait qu'en 5 temps de guerre on démolit tout de suite, autour des places fortes, les bâtiments trop près des remparts, pour empêcher l'ennemi de s'en emparer et de s'abriter derrière. Eh bien ! juste sur leur centre, le long de la grande route, se trouvait une ferme. Je la 10 voyais très bien de la hauteur où nous étions : c'était un grand carré, les bâtisses, la maison, les écuries et les granges en triangle du côté des Anglais, et l'autre moitié du carré, formée d'un mur et de hangars, de notre côté ; la cour à l'intérieur. L'un des pans de 15 ce mur donnait sur les champs avec une petite porte, et l'autre sur la route, avec une porte cochère pour les voitures. C'était construit en briques bien solides. Naturellement les Anglais l'avaient garnie de troupes, comme une espèce de demi-lune ; mais si nous avions 20 la chance de l'enlever, nous étions tout près de leur centre, et nous pouvions lancer sur eux nos colonnes d'attaque, sans rester longtemps sous leur feu.

Voilà ce que nous avions de meilleur pour nous. Cette ferme s'appelait la Haie-Sainte, comme nous 25 l'avons su depuis.

Plus loin, en avant de leur aile droite, dans un fond, se trouvait une autre ferme avec un petit bois, que nous pouvions aussi tâcher d'enlever. Cette ferme d'où j'étais, on ne la voyait pas, mais elle devait être 30 encore plus solide que la Haie-Sainte, puisqu'un verger entouré de murs et plus loin un bois la couvraient. Le feu des fenêtres donnait dans le verger, le feu du verger donnait dans le bois, le feu du bois donnait sur la côte, l'ennemi pouvait battre en retraite de l'un dans l'autre.

Ces choses, je ne les ai pas vues de mes propres yeux, mais quelques anciens m'ont raconté plus tard l'attaque de cette ferme, appelée Hougoumont.

Il faut tout expliquer, quand on parle d'une bataille pareille ; mais les choses qu'on a vues soi-même sont le principal ; on peut dire : « Je les ai vues ! et les autres, je les ai seulement apprises par d'honnêtes gens incapables de tromper ni de mentir. »

Enfin, en avant de leur aile gauche, où descendait le chemin de Wavre, à quelque cent pas de notre côté, se trouvaient encore les fermes de Papelotte et de la Haye, occupées par des Allemands, et les petits hameaux de Smohain, du Cheval-de-Bois, de Jean-Loo, que par la suite des temps j'ai voulu connaître, pour me rendre compte à moi-même de tout ce qui s'était passé. Ces hameaux, je les voyais bien alors, mais je n'y faisais pas grande attention, d'autant plus qu'ils étaient en dehors de notre ligne de bataille, sur la droite, et qu'on n'y remarquait pas de troupes.

Donc chacun maintenant se figure la position des Anglais en face de nous, la grande route de Bruxelles qui la traverse, le chemin qui la couvre, le plateau derrière, où sont les réserves, et les trois bâtisses de Hougoumont, de la Haie-Sainte et de Papelotte, en avant bien défendues. Chacun doit penser que c'était bien difficile à prendre.

Je regardais cela vers les six heures du matin, très attentivement, comme un homme qui risque de perdre sa vie, ou d'avoir les os cassés dans une entreprise, et qui veut au moins savoir s'il a quelque chance d'en réchapper.

Zébédé, le sergent Rabot, le capitaine Florentin, Buche, enfin tout le monde, en se levant, jetait un coup d'œil de ce côté sans rien dire. Ensuite, on regardait autour de soi les grands carrés d'infanterie, les escadrons de cuirassiers, de dragons, de chasseurs, de lanciers, etc., campés au milieu des récoltes.

Alors personne n'avait plus la crainte de voir les Anglais battre en retraite; on allumait des feux tant qu'on voulait, et la fumée de la paille humide s'étendait dans les airs. Ceux auxquels il restait encore un peu de riz suspendaient la marmite, les autres regardaient en pensant:

« Chacun son tour, hier nous avions de la viande, nous nous moquions du riz; maintenant nous voudrions bien en avoir. »

Vers huit heures, il arriva des fourgons avec des cartouches et des tonnes d'eau-de-vie. Chaque soldat reçut double ration; avec une croûte de pain, on aurait pu s'en contenter, mais le pain manquait. Qu'on juge, d'après cela, quelle mine on avait. C'est tout ce que nous reçûmes en ce jour, car, aussitôt après, commencèrent les grands mouvements. Les régiments se réunirent à leurs brigades, les brigades à leurs divisions, les divisions reformèrent leurs corps. Les officiers à cheval couraient porter les ordres, tout était en route.

Le bataillon se réunit à la division Donzelot; les autres divisions n'avaient que huit bataillons, elle en eut neuf.

J'ai souvent entendu raconter par nos anciens l'ordre de bataille donné par l'Empereur; le corps de 5 Reille à gauche de la route, en face de Hougoumont; d'Erlon à droite, en face de la Haie-Sainte; Ney à cheval sur la chaussée, et Napoléon derrière, avec la vieille garde, les escadrons de service, les lanciers, les chasseurs, etc. C'est tout ce que j'ai compris, car 10 lorsqu'ils se mettent à parler du mouvement des onze colonnes, de la distance des déploiements, et qu'ils nomment tous les généraux les uns après les autres, il me semble entendre parler de choses que je n'ai pas vues. J'aime donc mieux vous raconter simplement 15 ce que je me rappelle moi-même. Et d'abord, à huit heures et demie, nos quatre divisions reçurent l'ordre de se porter en avant, à droite de la grand'route. Nous étions de quinze à vingt mille hommes, nous marchions sur deux lignes, l'arme à volonté, et nous en- 20 foncions jusqu'aux genoux. Personne ne disait rien.

Plusieurs racontent que nous étions tout réjouis et que nous chantions, mais c'est faux! Quand on a marché toute la nuit sans recevoir de ration, quand on a couché dans l'eau, avec défense d'allumer des feux 25 et qu'on va recevoir de la mitraille, cela vous ôte l'envie de chanter; nous étions bien contents de retirer nos souliers des trous où l'on enfonçait à chaque pas; les blés mouillés vous rafraîchissaient les cuisses, et les plus courageux, les plus durs avaient l'air ennuyé. 30

Il est vrai que les musiques jouaient les marches de leurs régiments, et que les trompettes de la cavalerie, les tambours de l'infanterie, les grosses caisses et les trombones mêlés ensemble produisaient un effet terrible, comme toujours. Il est aussi vrai que tous ces milliers d'hommes en bon ordre, allongeant le pas, le sac au dos, le fusil sur l'épaule; les lignes blanches des cuirassiers qui suivaient les lignes rouges, brunes, vertes des dragons, des hussards, des lanciers dont les petits drapeaux en queue d'hirondelle remplissaient l'air; les canonniers dans l'intervalle des brigades, à cheval autour de leurs pièces, qui coupaient la terre jusqu'aux essieux — tout cela traversant les moissons dont pas un épi ne restait debout — il est très vrai qu'on ne pouvait rien voir de plus épouvantable.

Et les Anglais en face, bien rangés, leurs canonniers la mèche allumée, étaient aussi quelque chose qui vous faisait réfléchir. Mais cela ne vous réjouissait pas la vue autant que plusieurs le disent; les gens amoureux de recevoir des coups de canon sont encore assez rares.

Nous marchions, les musiques jouaient par ordre supérieur; et lorsque les musiques se turent, le plus grand silence suivit. Alors nous étions au haut du petit vallon, à mille ou douze cents pas de la gauche des Anglais. Nous formions le centre de notre armée; des chasseurs s'étendaient sur notre flanc droit avec des lanciers.

On prit les distances, on resserra les intervalles, la première brigade de la première division obliqua sur la gauche et se mit à cheval sur la chaussée.

Notre bataillon faisait partie de la seconde division: nous fûmes donc en première ligne, avec une seule brigade de la première devant nous. On fit passer toutes les pièces sur notre front; celles des Anglais se voyaient en face, à la même hauteur. Et bien longtemps encore d'autres divisions vinrent nous appuyer. On aurait cru que toute la terre marchait; les anciens disaient:

«Voici les cuirassiers de Milhaud! voici les chasseurs de Lefebvre-Desnoëttes; voilà là-bas le corps de Lobau!»

De tous les côtés, aussi loin que pouvait s'étendre la vue, on ne voyait que des cuirasses, des casques, des colbacks, des sabres, des lances, des files de baïonnettes.

«Quelle bataille! s'écriait Buche; malheur aux Anglais!»

Et je pensais comme lui, je croyais que pas un Anglais n'en réchapperait. On peut dire que nous avons eu du malheur en ce jour; sans les Prussiens, je crois encore que nous aurions tout exterminé.

Durant deux heures que nous restâmes l'arme au pied, nous n'eûmes pas même le temps de voir la moitié de nos régiments et de nos escadrons; c'était toujours du nouveau. Je me souviens qu'au bout d'une heure, on entendit tout à coup, sur la gauche, s'élever comme un orage les cris de: *Vive l'Empereur!* et que ces cris se rapprochaient en grandissant toujours, qu'on se dressait sur la pointe des pieds en allongeant le cou; que cela se répandait dans tous les rangs;

que, derrière, les chevaux eux-mêmes hennissaient comme s'ils avaient voulu crier, et que dans ce moment un tourbillon d'officiers généraux passa devant notre ligne ventre à terre. Napoléon s'y trouvait, je crois bien l'avoir vu, mais je n'en suis pas sûr; il allait si vite, et tant d'hommes levaient leurs shakos au bout de leurs baïonnettes, qu'on avait à peine le temps de reconnaître son dos rond et sa capote grise au milieu des uniformes galonnés. Quand le capitaine avait crié: «Portez armes! Présentez armes!» c'était fini.

Voilà comment on le voyait presque toujours, à moins d'être de la garde.

Quand il fut passé, quand les cris se furent prolongés à droite, toujours plus loin, l'idée vint à tout le monde que dans vingt minutes la bataille serait commencée. Mais cela dura bien plus longtemps. L'impatience vous gagnait; les conscrits du corps de d'Erlon, qui n'avait pas donné la veille, se mettaient à crier: «En avant!» quand enfin, vers midi, le canon gronda sur la gauche, et dans la même seconde des feux de bataillon suivirent, puis des feux de file. On ne voyait rien, c'était de l'autre côté de la route, l'attaque de Hougoumont.

Aussitôt les cris de: *Vive l'Empereur!* éclatèrent. Les canonniers de nos quatre divisions étaient à leurs pièces à vingt pas l'une de l'autre, tout le long de la côte. Au premier coup de canon, ils commencèrent à charger. Je les vois encore tous en ligne mettre la gargousse, refouler tous ensemble, se redresser, secouer la mèche sur leur bras: on aurait dit un seul mouvement, et cela vous donnait froid. Les chefs de pièces derrière, presque tous de vieux officiers, commandaient comme à la parade; et quand ces quatre-vingts pièces partirent ensemble, on n'entendit plus rien, tout le vallon fut couvert de fumée. 5

Au bout d'une seconde, la voix calme de ces vieux, à travers le sifflement de vos oreilles, s'entendit de nouveau:

«Chargez! Refoulez! Pointez! Feu!» 10

Et cela continua sans interruption une demi-heure. On ne se voyait déjà plus: mais, de l'autre côté, les Anglais avaient aussi commencé le feu; la démolition commençait.

Quelques cris de blessés troublaient ce grand bruit. 15 On entendait aussi des chevaux hennir d'une voix perçante; c'est un cri terrible, car ces animaux sont naturellement féroces; ils n'ont de bonheur que dans le carnage; on ne peut presque pas les retenir. Derrière nous, à plus d'une demi-lieue, on n'entendait que 20 ce tumulte: les chevaux voulaient partir.

Et comme on ne voyait plus, depuis longtemps, que les ombres de nos canonniers manœuvrer dans la fumée au bord du ravin, le commandement: «Cessez le feu!» s'entendit. En même temps, la voix écla- 25 tante des colonels de nos quatre divisions s'éleva:

«Serrez les rangs en bataille!»

Toutes les lignes se rapprochèrent.

—Voici notre tour, dis-je à Buche.

—Oui, fit-il, tenons toujours ensemble. 30

La fumée de nos pièces montait alors, et nous vîmes les batteries des Anglais qui continuaient le feu tout le long des haies qui bordaient leur chemin. La première brigade de la division Alix s'avançait 5 sur la route vers la Haie-Sainte; elle allait au pas accéléré. Je reconnus derrière le maréchal Ney avec quelques officiers d'état-major.

Toutes les fenêtres de la ferme, le jardin et les murs où l'on avait percé des trous, tout était en feu; 10 à chaque pas, quelques hommes restaient en arrière étendus sur la route. Ney, à cheval, son grand chapeau de travers, observait l'action du milieu de la chaussée. Je dis à Buche:

«Voilà le maréchal Ney; la seconde brigade va 15 soutenir la première, et nous arriverons ensuite.»

Mais je me trompais; en ce moment même, le premier bataillon de la seconde brigade reçut l'ordre de marcher en ligne, à droite de la route, le deuxième bataillon derrière le premier, le troisième derrière le 20 deuxième, enfin le quatrième comme au défilé. On n'avait pas le temps de nous former en colonnes d'attaque, mais cela paraissait solide tout de même; nous étions les uns derrière les autres, sur cent cinquante à deux cents hommes de front; les capitaines 25 entre les compagnies, les commandants entre les bataillons. Seulement, les boulets, au lieu d'enlever deux hommes, en enlevaient huit d'un coup; ceux de derrière ne pouvaient pas tirer, parce que les premiers rangs les gênaient; et l'on vit aussi par la suite qu'on 30 ne pouvait pas se former en carrés. Il aurait fallu penser à cela d'avance, mais l'ardeur d'enfoncer les Anglais et de gagner tout de suite était trop grande.

On fit marcher notre division dans le même ordre : à mesure que le premier bataillon s'avançait, le second emboîtait le pas, ainsi de suite. Comme on 5 commençait par la gauche, je vis avec plaisir que nous allions être au vingt-cinquième rang, et qu'il faudrait en hacher terriblement avant d'arriver sur nous.

Les deux divisions à notre droite se formèrent 10 également en colonnes massives, les colonnes à trois cents pas l'une de l'autre.

C'est ainsi que nous descendîmes dans le vallon, malgré le feu des Anglais. La terre grasse où l'on enfonçait retardait notre marche ; nous criions tous 15 ensemble : « A la baïonnette ! »

A la montée, nous recevions une grêle de balles par-dessus la chaussée à gauche. Si nous n'avions pas été si touffus, cette fusillade épouvantable nous aurait peut-être arrêtés. La charge battait. . . . Les 20 officiers criaient : « Appuyez à gauche ! » Mais ce feu terrible nous faisait allonger malgré nous la jambe droite plus que l'autre ; de sorte qu'en arrivant près du chemin bordé de haies, nous avions perdu nos distances, et que notre division ne formait pour ainsi 25 dire plus qu'un grand carré plein avec la troisième.

Alors deux batteries se mirent à nous balayer, la mitraille qui sortait d'entre les haies, à cent pas, nous perçait d'outre en outre. Ce ne fut qu'un cri d'horreur, et l'on se mit à courir sur les batteries, en 30 bousculant les habits rouges qui voulaient nous arrêter.

Dans ce moment, je vis pour la première fois de près les Anglais, qui sont des gens solides, blancs, bien rasés, comme de bons bourgeois. Ils se défendent bien, mais nous les valons. Ce n'est pas notre faute à nous autres simples soldats s'ils nous ont vaincus, tout le monde sait que nous avons montré autant et plus de courage qu'eux!

On a dit que nous n'étions plus les soldats d'Austerlitz, d'Iéna, de Friedland, de la Moskowa; sans doute! mais ceux-là, puisqu'ils étaient si bons, il aurait fallu les ménager. Nous n'aurions pas mieux demandé que de les voir à notre place.

Tous les coups des Anglais portaient, ce qui nous força de rompre les rangs: les hommes ne sont pas des palissades: ils ont besoin de se défendre quand on les fusille.

Un grand nombre s'étaient donc détachés, quand des milliers d'Anglais se levèrent du milieu des orges et tirèrent sur eux à bout portant, ce qui produisit un grand carnage; à chaque seconde, d'autres rangs allaient au secours des camarades, et nous aurions fini par nous répandre comme une fourmilière sur la côte, si l'on n'avait entendu crier:

«Attention! la cavalerie!»

Presque aussitôt nous vîmes arriver une masse de dragons rouges sur des chevaux gris, ils arrivaient comme le vent; tous ceux qui s'étaient écartés furent hachés sans miséricorde.

Il ne faut pas croire que ces dragons tombèrent sur nos colonnes pour les enfoncer, elles étaient trop profondes et trop massives ; ils descendirent entre nos divisions, sabrant à droite et à gauche, et poussant leurs chevaux dans le flanc des colonnes pour 5 les couper en deux, mais ils ne purent y réussir ; seulement ils nous tuèrent beaucoup de monde, et nous mirent dans un grand désordre.

C'est un des plus terribles moments de ma vie. Comme ancien soldat, j'étais à la droite du bataillon; 10 j'avais vu de loin ce que ces gens allaient faire: ils passaient en s'allongeant de côté sur leurs chevaux tant qu'ils pouvaient, pour faucher dans les rangs; leurs coups se suivaient comme des éclairs, et, plus de vingt fois, je crus avoir la tête en bas des épaules. 15 Heureusement pour moi, le sergent Rabot était en serre-file; c'est lui qui reçut cette averse épouvantable, en se défendant jusqu'à la mort. A chaque coup, il criait:

« Lâches! lâches! » 20

A la fin, il tomba. J'avais encore mon fusil chargé, et voyant l'un de ces dragons, qui, de loin, me regardait d'avance, en se penchant pour me lancer son coup de pointe, je l'abattis à bout portant. Voilà le seul homme que j'aie vu tomber devant mon coup de 25 feu.

Le pire, c'est que dans le même instant leurs fantassins ralliés recommencèrent à nous fusiller, et qu'ils prirent même l'audace de nous attaquer à la baïonnette. Les deux premiers rangs pouvaient seuls se 30 défendre. C'était une véritable abomination de nous avoir rangés de cette manière.

Alors les dragons rouges, pêle-mêle avec nos colonnes, descendirent dans le vallon.

Notre division s'était encore le mieux défendue, car nous conservions nos drapeaux, et les deux autres, à côté de nous, avaient perdu deux aigles.

Nous redescendîmes donc de cette façon dans la boue, à travers les pièces qu'on avait amenées pour nous soutenir, et dont les attelages venaient d'être sabrés par les dragons. Nous courions de tous les côtés, Buche et moi toujours ensemble; et ce ne fut qu'au bout de dix minutes qu'on parvint à nous rallier près de la chaussée, par pelotons de tous les régiments.

Ceux qui veulent se mêler de commander à la guerre devraient toujours avoir de pareils exemples sous les yeux et réfléchir avant de faire de nouvelles inventions; ces inventions coûtent cher à ceux qui sont forcés d'y entrer.

Nous regardions derrière nous en reprenant haleine, et nous voyions déjà les dragons rouges monter la côte pour enlever notre grande batterie de quatre-vingts pièces; mais, Dieu merci! leur tour était aussi venu d'être massacrés. L'Empereur avait vu de loin notre retraite, et, comme ces dragons montaient, deux régiments de cuirassiers à droite, avec un régiment de lanciers à gauche, tombèrent sur eux en flanc comme le tonnerre; le temps de regarder, ils étaient dessus.

En dix minutes, sept cents dragons étaient hors de

combat; leurs chevaux gris couraient de tous les côtés, le mors aux dents. Quelques centaines d'entre eux rentraient dans leurs batteries, mais plus d'un ballottait et se cramponnait à la crinière de son cheval. Ils avaient vu que ce n'est pas tout de tomber sur les gens, et qu'il peut aussi vous arriver des choses auxquelles on ne s'attend pas.

De tout ce spectacle affreux, ce qui m'est le plus resté dans l'esprit, c'est que nos cuirassiers en revenant, leurs grands sabres rouges jusqu'à la garde, riaient entre eux, et qu'un gros capitaine, avec de grandes moustaches brunes, en passant près de nous, clignait de l'œil d'un air de bonne humeur, comme pour nous dire:

«Eh bien!... vous avez vu.... nous les avons ramenés vivement.»

Oui, mais il en restait trois mille des nôtres dans ce vallon! Et ce n'était pas fini, les compagnies, les bataillons et les brigades se reformaient; du côté de la Haie-Sainte, la fusillade roulait; plus loin, près de Hougoumont, le canon tonnait. Tout cela n'était qu'un petit commencement, les officiers disaient:

«C'est à recommencer.»

On aurait cru que la vie des hommes ne coûtait rien.

Enfin il fallait emporter la Haie-Sainte; il fallait forcer à tout prix le passage de la grande route au centre de l'ennemi, comme on enfonce la porte d'une place forte, à travers le feu des avancées et des demi-lunes. Nous avions été repoussés la première fois, mais la bataille était engagée, on ne pouvait plus reculer.

Après la charge des cuirassiers, il fallut du temps pour nous reformer. La bataille continuait à Hougoumont; la canonnade recommençait à notre droite; on avait amené deux batteries pour nettoyer la chaussée en arrière de la Haie-Sainte, où la route entre dans la côte. Chacun voyait que l'attaque allait se porter là.

Nous attendions l'arme au bras, lorsque vers trois heures, Buche, regardant en arrière sur la route, me dit:

« Voici l'Empereur qui vient. »

Et d'autres encore disaient dans les rangs:

« Voici l'Empereur! »

La fumée était tellement épaisse qu'on voyait à peine, sur la petite butte de Rossomme, les bonnets à poil de la vieille garde. Je m'étais aussi retourné pour voir l'Empereur, mais bientôt nous reconnûmes le maréchal Ney, avec cinq ou six officiers d'état-major; il arrivait du quartier général et poussait droit sur nous au galop à travers champs. Nous lui tournions le dos. Nos commandants se portèrent à sa rencontre, et nous les entendîmes parler, sans rien comprendre, à cause du bruit qui nous remplissait les oreilles.

Aussitôt le maréchal passa sur le front de nos deux bataillons et tira l'épée. Depuis la grande revue d'Aschaffenbourg, je ne l'avais pas vu d'aussi près; il semblait plus vieux, plus maigre, plus osseux, mais c'était toujours le même homme; il nous regardait avec ses yeux gris clair, et l'on aurait cru qu'il nous voyait tous, chacun se figurait que c'était lui qu'il regardait. Au bout d'un instant, il étendit son épée du côté de la Haie-Sainte, en nous criant: 5

« Nous allons enlever ça!... Vous aurez de l'ensemble... C'est le nœud de la bataille... Je vais vous conduire moi-même. Bataillons, par file à gauche! »

Nous partîmes au pas accéléré. Sur la chaussée, on nous fit marcher par compagnies sur trois rangs; 10 je me trouvais dans le deuxième. Le maréchal Ney était devant, à cheval, avec les deux commandants et le capitaine Florentin; il avait remis son épée dans le fourreau. Les balles sifflaient par centaines, le canon grondait tellement dans le fond de Hougou- 15 mont, à gauche et sur notre droite en arrière, que c'était comme une grosse cloche dont on n'entend plus les coups à la fin, mais seulement le bourdonnement. Tantôt l'un, tantôt l'autre de nous s'affaissait, et l'on passait par-dessus. 20

Deux ou trois fois, le maréchal se retourna pour voir si nous marchions bien réunis; il avait l'air si calme, que je trouvais pour ainsi dire naturel de n'avoir pas peur; sa mine donnait de la confiance à tout le monde, chacun pensait: 25

« Ney est avec nous... les autres sont perdus! »

Voilà pourtant la bêtise du genre humain, puisque tant de gens restaient en route. Enfin, à mesure que nous approchions de cette grande bâtisse, le bruit de la fusillade devenait plus clair au milieu du roule- 30 ment des canons; et l'on voyait aussi mieux la flamme des coups de fusil qui sortaient des fenêtres, le grand toit noir au-dessus dans la fumée, et la route encombrée de pierres.

Nous longions une haie, derrière cette haie pétillait le feu de nos tirailleurs, car la première brigade de la division Alix n'avait pas quitté les vergers; en nous voyant défiler sur la chaussée, elle se mit à crier: *Vive l'Empereur!* Et comme toute la fusillade des Allemands se dirigeait alors sur nous, le maréchal Ney, tirant son épée, cria d'une voix qui s'entendit au loin:

« En avant! »

Il partit dans la fumée avec deux ou trois autres officiers. Nous courions tous, la giberne ballottant sur les reins et l'arme prête. Derrière, bien loin, la charge battait, on ne voyait plus le maréchal, et ce n'est que près d'un hangar qui sépare le jardin de la route, que nous le découvrîmes à cheval devant la porte cochère. Il paraît que d'autres avaient déjà voulu forcer cette porte, car des tas de morts, de poutres, de pavés et de décombres s'élevaient contre, jusqu'au milieu de la route. Le feu sortait de tous les trous de la bâtisse, on ne sentait que l'odeur épaisse de la poudre.

« Enfoncez-moi cela! » criait le maréchal, dont la figure était toute changée.

Et nous tous, à quinze, vingt, nous jetions nos fusils, nous levions les poutres, et nous les poussions contre cette porte qui criait, en retentissant comme le tonnerre. A chaque coup, on aurait cru qu'elle allait tomber. A travers ses ais, on voyait les pavés à l'intérieur entassés jusqu'au haut. Elle était criblée. En tombant, elle nous aurait écrasés, mais la fureur nous rendait aveugles. Nous ne ressemblions plus à des hommes: les uns n'avaient plus de shakos, les autres étaient déchirés, presque en chemise, le sang leur coulait sur les mains, le long des cuisses; et, dans le roulement de la fusillade, des coups de mitraille arrivaient de la côte, les pavés autour de nous sautaient en poussière.

Je regardais, mais je ne voyais plus ni Buche, ni Zébédé, ni personne de la compagnie. Le maréchal était aussi parti. Notre acharnement redoublait. Et comme les poutres allaient et venaient, comme on devenait fou de rage, en voyant que cette porte ne voulait pas s'enfoncer, tout à coup les cris de: *Vive l'Empereur!* éclatèrent dans la cour avec un tumulte épouvantable. Chacun comprit que nos troupes étaient dans la ferme; on se dépêchait de lâcher les poutres, de reprendre les fusils et de sauter par les brèches dans le jardin, pour aller voir où les autres étaient entrés. C'est derrière la ferme, par une porte qui donnait dans une grange. On entrait à la file comme des bandes de loups. L'intérieur de cette vieille bâtisse, pleine de paille, de greniers à foin, les écuries recouvertes de chaume, ressemblait à l'un de ces nids pleins de sang où les éperviers ont passé.

J'allais à travers ce massacre au hasard. J'entendais aussi crier: «Joseph! Joseph!» et je regardais,

pensant: « C'est Buche qui m'appelle. » Dans le même instant, je l'aperçus à droite, devant la porte d'un bûcher, qui croisait la baïonnette contre cinq ou six des nôtres. Je vis en même temps Zébédé, car
5 notre compagnie se trouvait dans ce coin, et, courant au secours de Buche, je criai:

« Zébédé! »

Ensuite, fendant la presse:

— Qu'est-ce que c'est? dis-je à Buche.

10 — Ils veulent massacrer mes prisonniers.

Je me mis avec lui. Les autres dans leur fureur, chargeaient leurs fusils pour nous tuer; c'étaient des voltigeurs d'un autre bataillon. Zébédé vint avec plusieurs hommes de la compagnie, et, sans savoir ce
15 que cela voulait dire, il empoigna l'un des plus terribles à la gorge, en criant:

« Je m'appelle Zébédé, sergent au 6e léger.... Après l'affaire, nous aurons une explication ensemble. »

Alors les autres s'en allèrent, et Zébédé me
20 demanda:

« Qu'est-ce que c'est, Joseph? »

Je lui dis que nous avions des prisonniers, et tout de suite il devint pâle de colère contre nous; mais, étant entré dans le bûcher, il vit un vieux major qui
25 lui présentait la garde de son sabre en silence, et un soldat qui disait en allemand:

« Laissez-moi la vie, Français!... Ne m'ôtez pas la vie! »

Dans un moment pareil, où les cris de ceux qu'on
30 tuait remplissaient encore la cour, cela vous retournait le cœur. Zébédé leur dit:

« C'est bon . . . je vous reçois mes prisonniers. »

Il ressortit et tira la porte. Nous ne quittâmes plus de là jusqu'au moment où l'on se mit à battre le rappel. Alors les hommes ayant repris les rangs, Zébédé prévint le capitaine Florentin que nous avions un 5 major et un soldat prisonniers. On les fit sortir, ils traversèrent la cour sans armes, et furent réunis dans une chambre, avec trois ou quatre autres: c'est tout ce qui restait des deux bataillons de Nassau chargés de la défense de la Haie-Sainte. 10

Pendant que ceci se passait, deux autres bataillons de Nassau, qui venaient au secours de leurs camarades, avaient été massacrés dehors par nos cuirassiers, de sorte qu'en ce moment nous avions la victoire: nous étions maîtres de la principale avancée des Anglais, 15 nous pouvions commencer les grandes attaques au centre, couper à l'ennemi la route de Bruxelles, et le jeter dans les mauvais chemins de la forêt de Soignes. Nous avions eu de la peine, mais le principal de la bataille était fait. A deux cents pas de la ligne des 20 Anglais, bien à couvert, nous pouvions tomber sur eux, et, sans vouloir nous glorifier, je crois qu'à la baïonnette et bien appuyés par notre cavalerie, nous aurions percé leur ligne; il ne fallait pas plus d'une heure, en se ramassant bien, pour en finir. 25

Mais, pendant que nous étions dans la joie, pendant que les officiers, les soldats, les tambours, les trompettes, encore tous pêle-mêle sur les décombres, ne songeaient qu'à s'allonger les jambes, à reprendre haleine, à se réjouir, tout à coup la nouvelle se répand 30 que les Prussiens arrivent, qu'ils vont nous tomber en flanc, que nous allons avoir deux batailles, l'une en face et l'autre à droite, et que nous risquons d'être entourés par des forces doubles de la nôtre.

5 C'était une nouvelle terrible, eh bien! plusieurs êtres dépourvus de bon sens disaient:

« Tant mieux! que les Prussiens arrivent . . . nous les écraserons tous ensemble! »

Mais les gens qui n'avaient pas perdu la tête com-
10 prirent aussitôt combien nous avions eu tort de ne pas profiter de notre victoire de Ligny, de laisser les Prussiens s'en aller tranquillement pendant la nuit, sans envoyer de cavalerie à leur poursuite, comme cela se fait toujours. On peut dire hardiment que
15 cette grande faute est cause de notre désastre de Waterloo. L'Empereur avait bien envoyé, le lendemain, à midi, le maréchal Grouchy avec trente-deux mille hommes à la recherche de ces Prussiens, mais c'était beaucoup trop tard: ils avaient eu le temps de se
20 reformer pendant ces quinze heures, de prendre de l'avance et de s'entendre avec les Anglais. Il faut savoir que le lendemain de Ligny les Prussiens conservaient quatre-vingt-dix mille hommes, dont trente mille de troupes fraîches, et deux cent soixante-quinze
25 canons. Avec une armée pareille, ils pouvaient faire ce qu'il leur plairait; ils pouvaient même livrer une seconde bataille à l'Empereur; mais, ce qui leur plaisait le plus, c'était de nous tomber en flanc, pendant que nous avions les Anglais en tête. C'est tellement clair
30 et simple, qu'on ne comprend pas que des gens trouvent

que c'est étonnant. Blücher nous avait déjà fait le même tour à Leipzig, et maintenant il nous le faisait encore, en laissant Grouchy le poursuivre bien loin derrière. Est-ce que Grouchy pouvait le forcer de revenir sur lui, pendant que Blücher voulait aller en avant? Est-ce qu'il pouvait l'empêcher de laisser trente ou quarante mille hommes, pour arrêter les troupes qui le poursuivaient, et de courir avec le reste au secours de Wellington?

Notre seule espérance était qu'on avait envoyé l'ordre à Grouchy de venir nous rejoindre, et qu'il allait arriver derrière les Prussiens; mais l'Empereur n'avait pas envoyé cet ordre.

Vous pensez bien que ce n'était pas à nous autres simples soldats que ces idées venaient, c'est à nos généraux; nous autres, nous ne savions rien, nous étions là comme des innocents qui ne se doutent pas que leur heure est proche.

Enfin j'ai dit tout ce que je pense, et maintenant je vais vous raconter le reste de la bataille, selon ce que j'ai vu moi-même, afin que chacun en sache autant que moi.

VIII.

LA GARDE ARRIVE.

Presque aussitôt après la nouvelle de l'arrivée des Prussiens, le rappel se mit à battre; les bataillons se démêlèrent, le nôtre, avec un autre de la brigade Quiot, resta pour garder la Haie-Sainte, et tout le
5 reste suivit pour se joindre au corps du général d'Erlon, qui s'avançait de nouveau dans le vallon et tâchait de déborder les Anglais par la gauche.

Nos deux bataillons se dépêchèrent de reboucher les portes et les brèches comme on put, avec des
10 poutres et des pavés. On mit des hommes en embuscade à tous les trous que l'ennemi avait faits du côté du verger et de la route.

C'est au-dessus d'une étable, au coin de la ferme, à mille ou douze cents pas de Hougoumont, que Zébédé,
15 Buche et moi, nous fûmes postés avec le reste de la compagnie. Je vois encore les trous en ligne, à hauteur d'homme, que les Allemands avaient percés dans le mur pour défendre le verger. A mesure que nous montions, nous regardions par ces trous notre ligne
20 de bataille, la grande route de Bruxelles à Charleroi, les petites fermes de Belle-Alliance, de Rossomme, du Gros-Caillou qui la bordaient de loin en loin, la vieille garde l'arme au bras en travers de la chaussée, l'état-major sur une petite éminence à gauche; et plus loin,

dans la même direction, en arrière du ravin de Planchenois, la fumée blanche qui s'étendait au-dessus des arbres et se renouvelait sans cesse: c'était l'attaque du premier corps des Prussiens.

Nous avons su plus tard que l'Empereur avait envoyé dix mille hommes sous les ordres de Lobau pour les arrêter. Le combat était engagé, mais la vieille garde et la jeune garde, les cuirassiers de Milhaud, ceux de Kellermann et les chasseurs de Lefebvre-Desnoëttes, enfin toute notre magnifique cavalerie restait en position: la grande, la véritable bataille était toujours contre les Anglais.

Que de pensées vous venaient devant ce spectacle grandiose, et cette plaine immense, que l'Empereur devait voir en esprit, mieux que nous avec nos propres yeux! Nous serions restés là durant des heures, si le capitaine Florentin n'était pas monté tout à coup.

« Eh bien, que faites-vous donc là? s'écria-t-il; est-ce que nous allons défendre la route contre la garde? Voyons... dépêchons-nous... percez-moi ce mur du côté de l'ennemi. »

Chacun ramassa les pioches et les pics que les Allemands avaient laissés sur le plancher, et l'on fit des trous dans le mur du pignon. Cela ne prit pas un quart d'heure, et l'on vit alors le combat de Hougoumont; les bâtisses en feu, les obus qui de seconde en seconde éclataient dans les décombres, les chasseurs écossais embusqués dans le chemin derrière; et sur notre droite, tout près de nous, à deux portées de fusil, les Anglais en train de reculer leur première ligne au centre, et d'emmener plus haut leurs pièces, que nos tirailleurs commençaient à démonter. Mais le reste de leur ligne ne bougeait pas, ils avaient des 5 carrés rouges et des carrés noirs en échiquier, les uns en avant, les autres en arrière du chemin creux; ces carrés se rapprochaient par les coins; pour les attaquer, il fallait passer à travers leurs feux croisés; leurs pièces restaient en position au bord du plateau; 10 plus loin, dans le pli de la côte de Mont-Saint-Jean, leur cavalerie attendait.

La position de ces Anglais me parut encore plus forte que le matin; et comme nous n'avions déjà pas réussi contre leur aile gauche, comme les Prussiens 15 nous attaquaient en flanc, l'idée me vint pour la première fois, que nous n'étions pas sûrs de gagner la bataille. Je me figurai notre déroute épouvantable, — si par malheur nous perdions, — entre deux armées, l'une en tête et l'autre en flanc, la seconde 20 invasion, les contributions forcées, le siège des places, le retour des émigrés et les vengeances.

Je sentis que cette pensée me rendait tout pâle.

Dans le même instant, des cris de: *Vive l'Empereur!* s'élevaient par milliers derrière nous. Buche 25 se trouvait près de moi dans le coin du grenier; il criait avec tous les camarades: *Vive l'Empereur!* et m'étant penché sur son épaule, je vis toute notre cavalerie de l'aile droite: les cuirassiers de Milhaud, les lanciers et les chasseurs de la garde, plus de cinq 30 mille hommes qui s'avançaient au trot; ils traversèrent la chaussée en écharpe, et descendirent dans le vallon entre Hougoumont et la Haie-Sainte. Je compris qu'ils allaient attaquer les carrés anglais et que notre sort était en jeu.

Les chefs de pièces anglais commandaient d'une voix si perçante, qu'on les entendait à travers le tumulte et les cris innombrables de *Vive l'Empereur!* 5

Ce fut un moment terrible, lorsque nos cuirassiers passèrent dans le vallon; je crus voir un torrent à la fonte des neiges, quand le soleil brille sur les glaçons 10 par milliards. Les chevaux, avec leur gros portemanteau bleu sur la croupe, allongeaient tous la hanche ensemble comme des cerfs, en défonçant la terre, les trompettes sonnaient d'un air sauvage au milieu du roulement sourd; et, dans l'instant qu'ils 15 passaient, la première décharge à mitraille faisait trembler notre vieux hangar. Le vent soufflait de Hougoumont et remplissait de fumée toutes les ouvertures; nous nous penchions au dehors; la seconde décharge, puis la troisième arrivaient coup sur coup. 20

A travers la fumée, je voyais les canonniers anglais abandonner leurs pièces et se sauver avec leurs attelages; et presque aussitôt nos cuirassiers étaient sur les carrés, dont les feux se dessinaient en zigzags le long de la côte. On n'entendait plus qu'une 25 grande rumeur, des plaintes, des cliquetis sans fin, des hennissements, de temps en temps une décharge; puis de nouveaux cris, de nouvelles rumeurs, de nouveaux gémissements. Et, dans cette épaisse fumée qui s'amassait contre la ferme, des vingtaines de chevaux 30 passaient comme des ombres, la crinière droite, d'autres traînant leur cavalier la jambe prise dans l'étrier.

Cela dura plus d'une heure!

Après les cuirassiers de Milhaud arrivèrent les lanciers de Lefebvre-Desnoëttes; après les lanciers, les cuirassiers de Kellermann; après ceux-ci, les grenadiers à cheval de la garde; après les grenadiers, les dragons. . . . Tout cela montait la côte au trot et courait sur les carrés, le sabre en l'air, en poussant des cris de: *Vive l'Empereur!* qui s'élevaient jusqu'au ciel.

A chaque nouvelle charge, on aurait cru qu'ils allaient tout enfoncer; mais, quand les trompettes sonnaient le ralliement, quand les escadrons pêle-mêle revenaient au galop, poursuivis par la mitraille, se reformer au bout du plateau, on voyait toujours les grandes lignes rouges, immobiles dans la fumée comme des murs.

Ces Anglais sont de bons soldats. Il faut dire aussi qu'ils savaient que Blücher venait à leur secours avec soixante mille hommes, et naturellement cette idée leur donnait un grand courage.

Malgré cela, vers six heures, nous avions détruit la moitié de leurs carrés; mais alors les chevaux de nos cuirassiers, épuisés par vingt charges dans ces terres grasses détrempées par la pluie, ne pouvaient plus avancer au milieu des tas de morts.

Et la nuit approchait. . . . Le grand champ de bataille derrière nous se vidait! . . . A la fin, la grande plaine où nous avions campé la veille était déserte, et là-bas la vieille garde restait seule en travers de la route, l'arme au bras : tout était parti, à droite contre les Prussiens, en face contre les Anglais !

Nous nous regardions dans l'épouvante.

Il faisait déjà sombre, lorsque le capitaine Florentin parut au haut de l'échelle, les deux mains sur le plancher, en nous criant d'une voix grave :

« Fusiliers, l'heure est venue de vaincre ou de mourir ! »

Je me rappelai que ces paroles étaient dans la proclamation de l'Empereur, et nous descendîmes tous à la file. Il ne faisait pas encore tout à fait nuit, mais, dans la cour dévastée, tout était gris et les morts déjà roides sur le fumier et le long des murs.

Le capitaine nous rangea sur la droite de la cour, le commandant de l'autre bataillon rangea ses hommes sur la gauche ; nos tambours résonnèrent pour la dernière fois dans la vieille bâtisse, et nous défilâmes par la petite porte de derrière dans le jardin ; il fallut nous baisser l'un après l'autre.

Quelle différence avec le matin ! alors les compagnies arrivaient bien à moitié détruites, mais c'étaient des compagnies. Maintenant la confusion approchait ; il n'avait fallu que trois jours pour nous réduire au même état qu'à Leipzig au bout d'un an. Le restant de notre bataillon et de l'autre formait seul encore une ligne en bon ordre ; et, puisqu'il faut que je vous le dise, l'inquiétude nous gagnait.

Quand des hommes n'ont pas mangé depuis la veille, quand ils se sont battus tout le jour, et qu'à la nuit, après avoir épuisé toutes leurs forces, le tremblement de la faim les prend, la peur vient aussi, les plus courageux perdent l'espoir : toutes nos grandes retraites si malheureuses viennent de là.

5 Et pourtant, malgré tout, nous n'étions pas vaincus, les cuirassiers tenaient encore sur le plateau ; de tous les côtés, au milieu du grondement de la canonnade et du tumulte, on n'entendait qu'un cri :

« La garde arrive ! »

10 Ah ! oui, la garde arrivait . . . elle arrivait à la fin ! Nous voyions de loin, sur la grande route, ses hauts bonnets à poil s'avancer en bon ordre.

Ceux qui n'ont pas vu la garde arriver sur un champ de bataille ne sauront jamais la confiance 15 que les hommes peuvent avoir dans un corps d'élite, l'espèce de respect que vous donnent le courage et la force. Les soldats de la vieille garde étaient presque tous d'anciens paysans d'avant la République, des hommes de cinq pieds six pouces au moins, secs, bien 20 bâtis ; ils avaient conduit la charrue dans le temps pour le couvent et le château ; plus tard, ils s'étaient levés en masse avec tout le peuple ; ils étaient partis pour l'Allemagne, la Hollande, l'Italie, l'Égypte, la Pologne, l'Espagne, la Russie, d'abord sous Kléber, 25 sous Hoche, sous Marceau ; ensuite sous Napoléon, qui les ménageait, qui leur faisait une haute paye. Ils se regardaient en quelque sorte comme les propriétaires d'une grosse ferme, qu'il fallait défendre et même agrandir de plus en plus. Cela leur attirait de 30 la considération, c'était leur propre bien qu'ils dé-

fendaient. Ils ne connaissaient plus les parents, les cousins, les gens du pays; ils ne connaissaient plus que l'Empereur, qui était leur Dieu; et finalement ils avaient adopté le roi de Rome pour hériter de tout avec eux, pour les entretenir et honorer leur vieillesse. 5
On n'a jamais rien vu de pareil; ils étaient tellement habitués à marcher, à s'aligner, à charger, à tirer, à croiser la baïonnette, que cela se faisait en quelque sorte tout seul, selon le besoin. Quand ils s'avançaient l'arme au bras, avec leurs grands bonnets, leurs 10
gilets blancs, leurs guêtres, ils se ressemblaient tous; on voyait bien que c'était le bras droit de l'Empereur qui s'avançait. Quand on disait dans les rangs: «La garde va donner!» c'était comme si l'on avait dit: «La bataille est gagnée!» 15

Mais, en ce moment, après ce grand massacre, ces terribles attaques repoussées, en voyant les Prussiens nous tomber en flanc, on se disait bien:

«C'est le grand coup!»

Mais on pensait: 20

«S'il manque, tout est perdu!

Voilà pourquoi nous regardions tous la garde venir au pas sur la route. C'est encore Ney qui la conduisait, comme il avait conduit l'attaque des cuirassiers. L'empereur savait bien que personne ne pouvait con- 25
duire la garde mieux que Ney, il aurait dû seulement l'envoyer une heure plus tôt, lorsque nos cuirassiers étaient dans les carrés; alors tout aurait été gagné. Mais l'Empereur tenait à sa garde comme à la chair de sa chair. 30

C'est donc à cause de cela qu'il avait attendu si longtemps pour l'envoyer. Il espérait que la cavalerie enfoncerait tout avec Ney, ou que les trente-deux mille hommes de Grouchy viendraient au bruit du 5 canon, et qu'il les enverrait à la place de sa garde, parce qu'on peut toujours remplacer trente ou quarante mille hommes par la conscription, au lieu que, pour avoir une garde pareille, il faut commencer à vingt-cinq ans et remporter cinquante victoires; ce 10 qui reste de meilleur, de plus solide, de plus dur, c'est la garde.

Eh bien! elle arrivait . . . nous la voyions. Ney, le vieux Friant et trois ou quatre autres marchaient devant. On ne voyait plus que cela; le reste, les 15 coups de canon, la fusillade, les cris des blessés, tout était comme oublié. Mais cela ne dura pas longtemps, car les Anglais avaient aussi compris que c'était le grand coup; ils se dépêchaient de réunir toutes leurs forces pour le recevoir.

20 On aurait dit que, sur notre gauche, le champ de bataille était vide; on ne tirait plus, soit à cause de l'épuisement des munitions, ou parce que l'ennemi se formait dans un nouvel ordre. A droite, au contraire, du côté de Frichemont, la canonnade redoublait, toute 25 l'affaire semblait s'être portée là-bas, et l'on n'osait pas se dire: « Ce sont les Prussiens qui nous attaquent . . . une armée de plus qui vient nous écraser! » Non, cette idée nous paraissait trop épouvantable quand tout à coup un officier d'état-major passa 30 comme un éclair, en criant:

« Grouchy ! . . . le maréchal Grouchy arrive ! »

C'était dans le moment où les quatre bataillons de la garde prenaient à gauche de la chaussée, pour remonter derrière le verger et commencer l'attaque.

Combien de fois, depuis cinquante ans, je me suis 5 représenté cette attaque à la nuit, et combien de fois je l'ai entendu raconter par d'autres ! En écoutant ces histoires, on croirait que la garde était seule, qu'elle s'avançait comme des rangs de palissade et qu'elle supportait seule la mitraille. Mais tout cela 10 se passait dans la plus grande confusion ; cette attaque terrible, c'était toute notre armée, tous les débris de l'aile gauche et du centre qui donnaient, tout ce qui restait de cavalerie épuisée par six heures de combat, tout ce qui pouvait encore se tenir debout 15 et lever le bras : c'était l'infanterie de Reille qui se concentrait sur la gauche, c'était nous autour de la Haie-Sainte, c'était tout ce qui vivait encore et qui ne voulait pas être massacré.

Et qu'on ne vienne pas dire que nous avons eu des 20 terreurs paniques, et que nous voulions nous sauver comme des lâches, ce n'est pas vrai. Quand le bruit courut que Grouchy venait, les blessés eux-mêmes se relevèrent et se remirent en rang ; on aurait cru qu'un souffle faisait marcher les morts ; tous ces misérables 25 étendus derrière la Haie-Sainte, la tête, le bras, la jambe bandés, les habits en lambeaux et pleins de sang, tout ce qui pouvait mettre un pied devant l'autre se joignit à la garde qui passait devant les brèches du jardin, et chacun déchira sa dernière cartouche. 30

La charge battait, nos canons s'étaient remis à tonner. Sur la côte, tout se taisait; des files de canons anglais restaient abandonnées, on aurait cru les autres partis, et seulement lorsque les bonnets à
5 poil commencèrent à s'élever au-dessus du plateau, cinq ou six volées de mitraille nous avertirent qu'ils nous attendaient.

Alors on comprit que ces Anglais, ces Allemands, ces Belges, ces Hanovriens, tous ces gens que nous
10 avions sabrés et massacrés depuis le matin, s'étaient reformés en arrière, et qu'il fallait leur passer sur le ventre. Bien des blessés se retirèrent en ce moment, et la garde, sur qui tombait le gros de l'averse, s'avança presque seule à travers la fusillade et la mitraille,
15 en culbutant tout; mais elle se resserrait de plus en plus et diminuait à vue d'œil. Au bout de vingt minutes, tous ses officiers à cheval étaient démontés; elle s'arrêta devant un feu de mousqueterie tellement épouvantable, que nous-mêmes, à deux cents pas en
20 arrière, nous n'entendions plus nos propres coups de feu, nous croyions brûler des amorces.

Finalement, toute cette masse d'ennemis, en face, à droite et à gauche, se leva, sa cavalerie sur les flancs, et tomba sur nous. Les quatre bataillons de la garde,
25 réduits de trois mille hommes à douze cents, ne purent supporter une charge pareille, ils reculèrent lentement; et nous reculâmes aussi en nous défendant à coups de fusil et de baïonnette.

Nous avions vu des combats plus terribles, mais
30 celui-ci était le dernier.

Comme nous arrivions au bord du plateau pour redescendre, toute la plaine au-dessous, déjà couverte d'ombre, était dans la confusion de la déroute; tout se débandait et s'en allait, les uns à pied, les autres à cheval; un seul bataillon de la garde, en carré près de 5
la ferme, et trois autres bataillons plus loin, avec un autre carré de la garde, à l'embranchement de Planchenois, restaient immobiles comme des bâtisses, au milieu d'une inondation qui entraîne tout le reste! Tout s'en allait: hussards, chasseurs, cuirassiers, artil- 10
lerie, infanterie, pêle-mêle sur la route, à travers champs, comme une armée de barbares qui se sauve. Le long du ravin de Planchenois, le ciel sombre était éclairé par la fusillade; le seul carré de la garde tenait encore contre Bulow et l'empêchait de nous couper la route; 15
mais plus près de nous, d'autres Prussiens—de la cavalerie—descendaient dans le vallon comme un fleuve qui passe au-dessus de ses écluses. Le vieux Blücher venait aussi d'arriver avec quarante mille hommes; il repliait notre aile droite et la dispersait devant lui. 20

Qu'est-ce que je peux vous dire encore? C'était le débordement.... Nous étions entourés partout; les Anglais nous repoussaient dans le vallon, et dans le vallon Blücher arrivait. Nos généraux, nos officiers, l'Empereur lui-même n'avaient plus d'autre ressource 25
que de se mettre dans un carré; et l'on dit que nous autres, pauvres malheureux, nous avions la terreur panique! On n'a jamais vu d'injustice pareille.

Je courais sur la ferme, avec Buche et cinq ou six camarades; des obus roulaient autour de nous en 30 éclatant, et nous arrivâmes comme des êtres égarés, près de la route où des Anglais à cheval passaient déjà ventre à terre, en se criant entre eux:

«*No quarter! no quarter!*»

5 Dans ce moment, le carré de la garde se mit en retraite; il faisait feu de tous les côtés pour écarter les malheureux qui voulaient entrer; les officiers et les généraux seuls pouvaient se sauver.

Ce que je n'oublierai jamais, quand je devrais vivre 10 mille ans, ce sont ces cris immenses, infinis, qui remplissaient la vallée à plus d'une lieue, et tout au loin la grenadière qui battait comme le tocsin au milieu d'un incendie; mais c'était bien plus terrible encore, c'était le dernier appel de la France, de ce peuple 15 courageux et fier, c'était la voix de la patrie qui disait: «A moi, mes enfants! je meurs!» Non, je ne puis vous peindre cela! . . . Ce bourdonnement du tambour de la vieille garde au milieu de notre désastre était quelque chose d'attendrissant et d'épou-20 vantable. Je sanglotais comme un enfant; Buche m'entraînait, et je lui criais:

«Jean, laisse-moi . . . nous sommes perdus . . . nous avons tout perdu! . . .»

L'idée de Catherine, de M. Goulden, de Phalsbourg 25 ne me venait pas. Ce qui m'étonne aujourd'hui, c'est que nous n'ayons pas été massacrés cent fois sur cette route, où passaient des files d'Anglais et de Prussiens. Ils nous prenaient peut-être pour des Allemands, peut-être aussi couraient-ils après l'Empereur, car tous 30 espéraient l'avoir.

En face de la petite ferme de Rossomme, il fallut tourner à droite dans les champs: c'est là que le dernier carré de la garde soutenait encore l'attaque des Prussiens; mais il ne tint plus longtemps, car, vingt minutes après, les ennemis débordaient sur la route, 5 les chasseurs prussiens s'en allaient par bandes arrêter ceux qui s'écartaient ou qui restaient en arrière. On aurait dit que cette route était un pont, et que tous ceux qui ne la suivaient pas tombaient dans le gouffre.

A la descente du ravin, derrière l'auberge de Passe- 10 Avant, des hussards prussiens coururent sur nous. Ils n'étaient pas plus de cinq ou six, et nous criaient de nous rendre; mais si nous avions levé la crosse, ils nous auraient sabrés. Nous les couchâmes en joue, et voyant que nous n'étions pas blessés, ils s'en allèrent 15 plus loin. Cela nous força de regagner la route, dont les cris et le tumulte s'entendaient au moins de deux lieues; la cavalerie, l'infanterie, l'artillerie, les ambulances, les bagages, tout pêle-mêle, se traînaient sur la chaussée, hurlant, tapant, hennissant et pleurant. 20 Non, pas même à Leipzig, je n'ai vu de spectacle pareil. La lune se levait au-dessus des bois, derrière Planchenois, elle éclairait cette foule de schapskas, de bonnets à poil, de casques, de sabres, de baïonnettes, de caissons renversés, de canons arrêtés; et, 25 de minute en minute, l'encombrement augmentait; des hurlements plaintifs s'entendaient d'un bout de la ligne à l'autre, cela montait et descendait les côtes et finissait dans le lointain comme un soupir.

La cavalerie prussienne passait par files, le sabre 30

en l'air, en criant : « Hourrah ! » Elle avait l'air de nous escorter, et sabrait tout ce qui s'écartait de la route ; elle ne faisait pas de prisonniers et n'attaquait pas non plus la colonne en masse ; quelques coups de
5 fusil partaient dessus à droite et à gauche.

On allongeait le pas ; la fatigue, la faim, le désespoir vous écrasaient ; on aurait voulu mourir ; et pourtant l'espoir de se sauver vous soutenait. Buche en marchant me disait ;

10 — Joseph, soutenons-nous ! moi, je ne t'abandonnerai jamais.

Et je lui répondais :

— Nous mourrons ensemble. . . . Je ne me tiens plus . . . c'est trop terrible. . . . Il vaudrait mieux se
15 coucher.

— Non ! . . . allons toujours, disait-il ; les Prussiens ne font pas de prisonniers. Regarde . . . ils massacrent tout sans miséricorde, comme nous à Ligny.

Nous suivions toujours la direction de la route
20 avec des milliers d'autres, mornes, abattus, et qui se retournaient tout de même en masse, et se resserraient pour faire feu quand un escadron prussien approchait de trop près. Nous étions encore les plus fermes, les plus solides. De loin en loin, on trouvait
25 des affûts, des canons, des caissons abandonnés ; les fossés à droite et à gauche étaient remplis de sacs, de gibernes, de fusils, de sabres : on avait tout jeté pour aller plus vite !

Ce qui me désolait au milieu de cette déroute, ce
30 qui me déchirait le cœur, c'était de ne plus voir un

homme du bataillon, excepté nous. Je me disais : « Ils ne peuvent pourtant pas être tous morts ! » et je m'écriais :

« Jean, si je retrouvais Zébédé, cela me rendrait courage ! » 5

Mais lui ne me répondait pas et disait :

« Tâchons seulement de nous sauver, Joseph. Moi, si j'ai le bonheur de revoir le Harberg, je ne me plaindrai plus de manger des pommes de terre. . . . Non . . . non . . . c'est Dieu qui m'a puni. . . . Je serai 10 bien content de travailler et d'aller au bois, la hache sur l'épaule. Pourvu que je ne revienne pas estropié chez nous, et que je ne sois pas forcé de tendre la main au bord d'une grande route pour vivre, comme tant d'autres ! Tâchons de nous échapper sains et 15 saufs. »

Je trouvais qu'il était rempli de bon sens.

Vers dix heures et demie, nous approchions de Genappe ; des cris terribles s'entendaient de loin. Comme on avait allumé des feux de paille au milieu de la 20 grande rue pour éclairer le tumulte, nous voyions là-bas les maisons et les rues tellement pleines de monde, de chevaux et de bagages, qu'on ne pouvait faire un pas en avant. Nous comprîmes tout de suite que les Prussiens allaient venir d'une minute à l'autre, qu'ils 25 auraient des canons, et qu'il valait mieux, pour nous, passer autour du village que d'être faits prisonniers en masse. C'est pourquoi nous prîmes à gauche, à travers les blés, avec un grand nombre d'autres. Nous passâmes la Thy, dans l'eau jusqu'à la ceinture, 30 et nous arrivâmes vers minuit aux deux maisons des Quatre-Bras.

Nous avions bien fait de ne pas entrer à Genappe, car nous entendions déjà les coups de canon des 5 Prussiens contre le village, et la fusillade. Il arrivait aussi beaucoup de fuyards sur la route: des cuirassiers, des lanciers, des chasseurs. . . Aucun ne s'arrêtait!

La lune était magnifique. Nous découvrions à droite, dans les blés, une quantité de morts qu'on 10 n'avait pas enterrés. Buche descendit dans un sillon, où l'on voyait trois ou quatre Anglais étendus à vingt-cinq pas plus loin, les uns sur les autres. Je me demandais ce qu'il allait faire au milieu de ces morts, lorsqu'il revint avec une gourde de fer-blanc, 15 qu'il secouait auprès de son oreille, et qu'il me dit:

«Joseph . . . elle est pleine!»

Mais, avant de la déboucher, il la trempa dans le fossé rempli d'eau, ensuite il l'ouvrit, et but en disant:

«C'est de l'eau-de-vie!»

20 Il me la passa et je bus aussi. Je sentais la vie qui me revenait, et je lui rendis cette gourde à moitié pleine, en bénissant le Seigneur de la bonne idée qu'il nous avait donnée.

Nous regardions de tous les côtés pour voir si les 25 morts n'auraient pas aussi du pain. Mais comme le tumulte augmentait, et que nous n'étions pas en nombre pour résister aux attaques des Prussiens s'ils nous entouraient, nous repartîmes pleins de force et de courage. Cette eau-de-vie nous faisait déjà tout 30 voir en beau; je disais:

«Jean, maintenant le plus terrible est passé; nous reverrons encore une fois Phalsbourg et le Harberg. Nous sommes sur une bonne route qui nous conduit en France. Si nous avions gagné, nous aurions été forcés d'aller plus loin, jusqu'au fond de l'Allemagne. 5
Il aurait fallu battre les Autrichiens et les Russes; et si nous avions eu le bonheur d'en réchapper, nous serions revenus vétérans, avec des cheveux gris.»

Voilà les mauvaises idées qui me passaient par la tête; mais cela ne m'empêchait pas de marcher avec 10
plus de courage, et Buche disait:»

«Les Anglais ont bien raison d'emporter des gourdes de fer-blanc; si je n'avais pas vu le fer-blanc reluire à la lune, l'idée ne me serait jamais venue d'aller voir. 15

Pendant que nous parlions ainsi, à chaque instant des cavaliers passaient près de nous; leurs chevaux ne se tenaient presque plus, mais à force de taper dessus et de leur donner des coups d'éperon, ils les faisaient trotter tout de même. Le bruit de la dé- 20
bâcle au loin recommençait avec des coups de feu; heureusement nous avions de l'avance.

Il pouvait être une heure du matin, nous nous croyions sauvés, quand tout à coup Buche me dit:

«Joseph . . . voici des Prussiens! . . . » 25

Et, regardant derrière nous, je vis au clair de la lune cinq hussards bruns.

— Est-ce que ton fusil est chargé? dis-je à Buche.

— Oui.

— Eh bien! attendons. . . Il faut nous défendre . . . 30
moi je ne me rends pas.

— Ni moi non plus, dit-il, j'aime encore mieux mourir que de m'en aller prisonnier.

En même temps l'officier prussien nous criait d'un ton arrogant:

5 «Mettez bas les armes!»

Et Buche, au lieu d'attendre comme moi, lui lâchait son coup de fusil dans la poitrine.

Alors les quatre autres tombèrent sur nous. Buche reçut un coup de sabre qui lui fendit le shako jusqu'à 10 la visière, mais d'un coup de baïonnette il tua celui qui l'avait blessé. Il en restait encore trois. J'avais mon fusil chargé. Buche s'était mis le dos contre un noyer; chaque fois que les Prussiens, qui s'étaient reculés, voulaient s'approcher, je les mettais en joue: 15 aucun d'eux ne voulait être tué le premier! Et comme nous attendions, Buche, la baïonnette croisée, moi la crosse à l'épaule, nous entendîmes galoper sur la route; cela nous fit peur, car nous pensions que c'étaient encore des Prussiens, mais c'étaient de nos 20 lanciers. Les hussards alors descendirent dans les blés, à droite, pendant que Buche se dépêchait de recharger son fusil.

Nos lanciers passèrent et nous les suivîmes en courant. Un officier qui se trouvait avec eux nous 25 dit que l'Empereur était parti pour Paris, et que le roi Jérôme venait de prendre le commandement de l'armée.

Buche avait toute la peau de la tête fendue, mais l'os était en bon état; le sang lui coulait sur les joues. Il se banda la tête avec son mouchoir, et, depuis cet 30 endroit, nous ne rencontrâmes plus de Prussiens.

Seulement, vers deux heures du matin, comme nous étions tellement las que nous ne pouvions presque plus marcher, nous vîmes à cinq ou six cents pas, sur la gauche de la route, un petit bois de hêtres, et Buche me dit: 5

« Tiens, Joseph, entrons là. . . . Couchons-nous et dormons. »

Je ne demandais pas mieux.

Nous descendîmes, en traversant les avoines jusqu'au bois, et nous entrâmes dans un fourré touffu, 10 rien que de petits arbres serrés. Nous avions conservé tous les deux notre fusil, notre sac et notre giberne. Nous mîmes le sac à terre pour nous étendre l'oreille dessus; et le jour était venu depuis longtemps, toute la grande débâcle défilait sur la route depuis des heures, 15 lorsque nous nous éveillâmes et que nous reprîmes tranquillement notre chemin.

IX.

ABDICATION DE L'EMPEREUR.

Un grand nombre de camarades et de blessés restèrent à Gosselies, mais la masse poursuivit sa route, et vers neuf heures on commençait à découvrir tout au loin les clochers de Charleroi, quand tout à coup
5 des cris, des plaintes et des coups de feu s'entendirent en avant de nous à plus d'une demi-lieue. Toute l'immense colonne de misérables fit halte en criant:

« La ville ferme ses portes; nous sommes arrêtés ici. . . . »

10 La désolation et le désespoir se peignaient sur toutes les figures. Mais un instant après, le bruit courut que des convois de vivres approchaient et qu'on ne voulait pas faire les distributions. Alors la fureur remplaça l'épouvante, et, tout le long de la route, on
15 n'entendait qu'un cri:

« Tombons dessus! Assommons les gueux qui nous affament! . . . Nous sommes trahis! »

Les plus craintifs, les plus abattus se mirent à presser le pas en levant le sabre, ou en chargeant leur fusil.
20 On voyait d'avance que ce serait une véritable boucherie, si les conducteurs et l'escorte ne se rendaient pas. Buche lui-même criait:

— Il faut tout massacrer . . . nous sommes trahis! . . . Arrive, Joseph! . . . vengeons-nous! . . .

Mais, je le retenais par le collet en lui criant:

— Non, Jean, non! nous avons déjà bien assez de massacres. . . . Nous sommes réchappés de tout; ce n'est pas ici qu'il faut nous faire tuer par des Français. Arrive! . . . 5

Il se débattait. Pourtant, à la fin, comme je lui montrais un village à gauche de la route, en lui disant: « Tiens! voilà le chemin du Harberg, voilà des maisons comme aux Quatre-Vents! Allons plutôt là, demander du pain. J'ai de l'argent, nous en aurons 10 pour sûr. Arrive! Cela vaudra mieux que d'attaquer les convois comme une bande de loups, » il finit par se laisser entraîner. Nous traversâmes encore une fois les récoltes. Sans la faim qui nous pressait, nous nous serions assis au bord du sentier à chaque pas. 15 Mais au bout d'une demi-heure nous arrivâmes, grâce à Dieu, devant une espèce de ferme abandonnée, les fenêtres cassées, la porte ouverte au large, et de gros tas de terre noire autour. Nous entrâmes dans la salle en criant: 20

« Est-ce qu'il n'y a personne? »

Nous tapions contre les meubles avec nos crosses, pas une âme ne répondait. Notre fureur s'augmentait d'autant plus que nous voyions quelques misérables venir par le même chemin que nous, et que nous 25 pensions:

« Ils viennent manger notre pain! »

Ah! ceux qui n'ont pas souffert des privations pareilles ne connaissent pas la fureur des hommes. C'est horrible! . . . horrible! . . . Nous avions déjà 30 cassé la porte d'une armoire pleine de linge, et nous bouleversions tout avec nos baïonnettes, quand une vieille femme sortit de dessous une table de cuisine, qui couvrait l'entrée de la cave; elle sanglotait et disait:

« Mon Dieu! mon Dieu! ayez pitié de nous! »

Cette maison avait été pillée au petit jour. On avait emmené les chevaux; l'homme avait disparu, les domestiques s'étaient sauvés. Malgré notre fureur, la vue de la pauvre vieille nous fit honte de nous-mêmes, et je lui dis:

— N'ayez pas peur... nous ne sommes pas des monstres. Seulement donnez-nous du pain, ou nous allons périr.

Elle, assise sur une vieille chaise, ses mains sèches croisées sur les genoux, disait:

— Je n'ai plus rien... Ils ont tout pris, mon Dieu!... tout... tout.

Ses cheveux gris lui pendaient sur les joues. J'aurais voulu pleurer pour elle et pour nous.

« Ah! nous allons chercher nous-mêmes, » dis-je à Buche. Et nous passâmes dans toutes les chambres, nous entrâmes dans l'écurie. Nous ne voyions rien, tout avait été pillé, cassé.

J'allais ressortir, quand, derrière la vieille porte, dans l'ombre, je vis un placard blanchâtre contre le mur. Je m'arrêtai, j'étendis la main; c'était un sac de toile avec une bretelle, que je décrochai bien vite en tremblant.

Buche me regardait... Le sac était lourd... je

l'ouvris... il y avait deux grosses raves noires, une demi-miche de pain sec et dur comme de la pierre, une grosse paire de ciseaux pour tailler les haies, et tout au fond, quelques oignons et du sel gris dans un papier. 5

En voyant cela, nous poussâmes un cri; la peur de voir arriver les autres nous fit courir derrière, bien loin dans les seigles, en nous cachant et nous courbant comme des voleurs. Nous avions repris toutes nos forces, et nous nous assîmes au bord d'un petit 10 ruisseau. Buche me disait:

— Écoute, j'ai ma part!

— Oui... la moitié de tout, lui dis-je; tu m'as aussi laissé boire à ta gourde... Je veux partager.

Alors il se calma. 15

Je coupai le pain avec mon sabre, disant:

« Choisis, Jean, voici ta rave... voici la moitié des oignons, et le sel dans le sac entre nous. »

Nous mangeâmes le pain sans le tremper dans l'eau, nous mangeâmes notre rave, les oignons et le 20 sel. Nous aurions voulu continuer de manger toujours; pourtant nous étions rassasiés. Nous nous agenouillâmes au bord du ruisseau, les mains dans l'eau, et nous bûmes.

« Maintenant, allons-nous-en, dit Buche, et laissons 25 le sac. »

Malgré la fatigue qui nous cassait les jambes, nous repartîmes à gauche, pendant que sur la droite, derrière nous du côté de Charleroi, les cris, les coups de fusil redoublaient, et que tout le long de la route on 30 ne voyait que des gens se battre. Mais c'était déjà loin. Nous tournions la tête de temps en temps, et Buche me disait :

— Joseph, tu as bien fait de m'entraîner... Sans toi, je serais peut-être étendu là-bas, au bord de cette route, assommé par un Français. J'avais trop faim. Mais où nous sauver, à cette heure ?

Je lui répondais :

— Suis-moi !

Nous traversâmes bientôt un grand et beau village, aussi pillé et abandonné. Plus loin, nous rencontrâmes des paysans, qui nous regardaient d'un air de défiance, en se rangeant au bord du chemin. Nous devions avoir de mauvaises mines, surtout Buche avec sa tête bandée et sa barbe de huit jours, épaisse et dure comme les soies d'un sanglier.

Vers une heure de l'après-midi, nous avions déjà repassé la Sambre sur le pont du Châtelet ; mais comme les Prussiens étaient en route, nous ne fîmes pas encore halte dans cet endroit. J'avais pourtant déjà bonne confiance, je pensais :

« Si les Prussiens continuent leur poursuite, ils suivront certainement la grande masse, pour faire plus de prisonniers, et recueillir des canons, des caissons et des bagages. »

Voilà comment étaient forcés de raisonner des hommes qui, trois jours auparavant, faisaient trembler le monde !

Je me souviens qu'en arrivant, sur les trois heures, dans un petit village, nous nous arrêtâmes devant une forge pour demander à boire. Aussitôt les gens du pays nous entourèrent, et le forgeron, un homme grand et brun, nous dit d'entrer dans l'auberge en face, qu'il allait venir, et que nous prendrions une cruche de bière avec lui. 5

Naturellement cela nous fit plaisir, car nous avions peur d'être arrêtés, et nous voyions que ces gens étaient pour nous.

L'idée me vint aussi qu'il me restait de l'argent dans mon sac, et que j'allais pouvoir m'en servir. 10

Nous entrâmes donc dans cette auberge, qui n'était qu'un bouchon, les deux petites fenêtres sur la rue, et la porte ronde s'ouvrant à deux battants, comme dans les villages de chez nous. Quand nous fûmes assis, la salle se remplit tellement de monde, hommes 15 et femmes, pour avoir des nouvelles, que nous pouvions à peine respirer.

Le forgeron vint. Il avait ôté son tablier de cuir, et mis une petite blouse bleue; et tout de suite, lorsqu'il entra, nous reconnûmes que cinq ou six autres 20 honnêtes bourgeois le suivaient: c'étaient le maire, l'adjoint et les conseillers municipaux de cet endroit.

Ils s'assirent sur des bancs en face de nous, et nous firent servir de la bière aigre, comme on l'aime en ce pays. Buche ayant demandé du pain, la femme 25 de l'aubergiste nous apporta la miche et un gros morceau de bœuf dans une écuelle. Tous nous disaient:

« Mangez, mangez. »

Quand l'un ou l'autre nous adressait des questions sur la bataille, le maire ou le forgeron s'écriait: 30

« Laissez donc ces hommes finir . . . vous voyez bien qu'ils arrivent de loin. »

Et seulement à la fin ils nous interrogèrent, nous demandant s'il était vrai que les Français venaient de perdre une grande bataille. On leur avait rapporté d'abord que nous étions vainqueurs, et maintenant un bruit se répandait que nous étions en déroute.

Nous comprîmes bien qu'ils avaient entendu parler de Ligny, et que cela leur troublait les idées.

J'étais honteux de leur avouer notre débâcle : je regardais Buche, qui dit :

« Nous avons été trahis. . . . Les traîtres ont livré nos plans. . . . L'armée était pleine de traîtres chargés de crier : « Sauve qui peut ! » Comment voulez-vous que par ce moyen nous n'ayons pas perdu ? »

C'était la première fois que j'entendais parler de cette trahison ; quelques blessés criaient bien : « Nous sommes trahis ! » mais je n'avais pas fait attention à leurs paroles ; et quand Buche nous tira d'embarras par ce moyen, j'en fus content et même étonné.

Ces gens alors s'indignèrent avec nous contre les traîtres. Il fallut leur expliquer la bataille et la trahison. Buche disait que les Prussiens étaient arrivés par la trahison du maréchal Grouchy. Cela me paraissait tout de même trop fort ; mais les paysans, remplis d'attendrissement, nous ayant encore fait boire de la bière et même donné du tabac et des pipes, je finis par dire comme Buche. Ce n'est que plus tard, après être partis de là, que l'idée de nos mensonges abominables me fit honte à moi-même, et que je m'écriai :

— Sais-tu bien, Jean, que nos mensonges sur les traîtres ne sont pas beaux ? Si chacun en raconte autant, finalement, nous serons tous des traîtres, et l'Empereur seul sera un honnête homme. C'est honteux pour notre pays, de dire que nous avons tant de 5 traîtres parmi nous. . . . Ce n'est pas vrai !

— Bah ! bah ! . . . disait-il, nous avons été trahis ; sans cela, jamais des Anglais et des Prussiens ne nous auraient forcés de battre en retraite.

Et jusqu'à huit heures du soir nous ne fîmes que 10 nous disputer. Nous arrivâmes alors dans un autre village appelé Bouvigny. Nous étions tellement fatigués que nos jambes étaient roides comme des piquets, et que depuis longtemps il nous fallait un grand courage pour faire un pas. 15

Nous croyions être bien loin des Prussiens. Comme j'avais de l'argent, nous entrâmes dans une auberge en demandant à coucher.

Je sortis une pièce de six livres, pour montrer que nous pouvions payer. J'avais résolu de changer 20 d'habits le lendemain, de planter là mon fusil, mon sac, ma giberne, et de retourner chez nous ; car je croyais la guerre finie, et je me réjouissais, au milieu de tous ces grands malheurs, d'avoir retiré mes bras et mes jambes de l'affaire. 25

Buche et moi, ce soir-là, couchés dans une petite chambre, la sainte Vierge et l'enfant Jésus dans une niche au-dessus de nous, entre les rideaux, nous dormîmes comme des bienheureux.

Le lendemain, au lieu de continuer notre route, 30

nous étions si contents de rester assis sur une bonne chaise dans la cuisine, d'allonger nos jambes et de fumer notre pipe, en regardant bouillir la marmite, que nous dîmes :

5 « Restons ici tranquillement. Demain nous serons bien reposés ; nous achèterons deux pantalons de toile, deux blouses, nous couperons deux bons bâtons dans une haie, et nous retournerons par petites étapes à la maison. »

10 Cela nous attendrissait de penser à ces choses agréables !

C'est aussi de cette auberge que j'écrivis à Catherine, à la tante Grédel et à M. Goulden. Je ne leur dis qu'un mot :

15 « Je suis sauvé. . . . Remercions Dieu ! . . . J'arrive. . . . Je vous embrasse de tout mon cœur mille et mille fois !

« JOSEPH BERTHA. »

En écrivant, je louais le Seigneur ; mais bien des 20 choses devaient encore m'arriver avant de monter notre escalier. Quand on est pris par la conscription, il ne faut pas se presser d'écrire qu'on est relâché. Ce bonheur ne dépend pas de nous, et la bonne volonté de s'en aller ne sert de rien.

25 Enfin ma lettre partit par la poste, et toute cette journée nous restâmes à l'auberge du *Mouton-d'Or*.

Après avoir bien soupé, nous montâmes dormir. Je disais à Buche :

« Hé ! Jean ! c'est autre chose de faire ce qu'on 30 veut, ou d'être forcé de répondre à l'appel. »

Nous riions tous les deux, malgré les malheurs de la patrie, sans y penser, bien entendu, car nous aurions été de véritables gueux.

Enfin, pour la seconde fois, nous étions couchés dans notre bon lit, lorsque, vers une heure du matin, 5 nous fûmes éveillés d'une façon extraordinaire: le tambour battait... on entendait marcher dans tout le village. Je poussai Buche, qui me dit:

« J'entends bien... Les Prussiens sont dehors! »

On peut se figurer notre épouvante. Mais au bout 10 d'un instant, ce fut bien pire, car on frappait à la porte de l'auberge, qui s'ouvrit, et deux secondes après la grande salle était pleine de monde. On montait l'escalier. Buche et moi nous nous étions levés; il disait: 15

« Je me défends, si l'on veut me prendre! »

Moi je n'osais pas songer à ce que j'allais faire.

Nous étions déjà presque habillés, et j'espérais pouvoir me sauver dans la nuit, avant d'être reconnu, quand des coups retentirent à notre porte; on criait: 20

« Ouvrez! »

Il fallut bien ouvrir.

Un officier d'infanterie, trempé par la pluie, et suivi d'un vieux sergent qui tenait une lanterne, entra. Nous reconnûmes que c'étaient des Français. L'officier nous dit brusquement: 25

— D'où venez-vous?

— De Mont-Saint-Jean, mon lieutenant, lui répondis-je.

— De quel régiment êtes-vous? 30

— Du 6e léger.

Il regarda le numéro de mon shako sur la table, et je vis en même temps le sien: c'était aussi du 6e léger.

— De quel bataillon? fit-il en fronçant le sourcil.

— Du 3e.

Buche, tout pâle, ne disait rien. L'officier regardait nos fusils, nos sacs, nos gibernes, derrière le lit, dans un coin.

— Vous avez déserté! fit-il.

— Non, mon lieutenant, nous sommes partis les derniers, sur les huit heures, de Mont-Saint-Jean. . . .

— Descendez, nous allons voir cela.

Nous descendîmes.

L'officier nous suivait, le sergent marchait devant avec la lanterne.

La grande salle en bas était pleine d'officiers du 12e chasseurs à cheval et du 6e léger. Le commandant du 4e bataillon du 6e se promenait de long en large, en fumant une petite pipe de bois. Tous ces gens étaient trempés et couverts de boue.

L'officier dit quatre mots au commandant qui s'arrêta, ses yeux noirs fixés sur nous, et son nez crochu recourbé dans ses moustaches grises. Il n'avait pas l'air tendre, et nous posa de suite cinq ou six questions sur notre départ de Ligny, sur la route des Quatre-Bras et la bataille; il clignait des yeux en serrant les lèvres. Les autres allaient et venaient, traînant leurs sabres sans écouter. Finalement, le commandant dit:

« Sergent... ces deux hommes entrent dans la 2e compagnie. Allez ! »

Nous sortîmes avec le sergent, bien heureux d'en être quittes à si bon marché, car on aurait pu nous fusiller comme déserteurs devant l'ennemi. Le sergent nous conduisit à deux cents pas, au bout du village, près d'un hangar. On avait allumé des feux plus loin dans les champs; des hommes dormaient sous le hangar, contre les portes d'écurie et les piliers. Il tombait une petite pluie fine dans la rue. Nous restâmes debout sous un pan de toit, au coin de la vieille maison, songeant à nos misères.

Au bout d'une heure, le tambour se mit à rouler sourdement, les hommes secouèrent la paille et le foin de leurs habits, et nous repartîmes. Il faisait encore nuit sombre ; derrière nous, les chasseurs sonnaient le boute-selle.

Entre trois et quatre heures, au petit jour, nous vîmes un grand nombre d'autres régiments, cavalerie, infanterie et artillerie, en marche comme nous, par différents chemins: tout le corps du maréchal Grouchy en retraite ! Le temps mouillé, le ciel sombre, ces longues files d'hommes accablés de lassitude, le chagrin d'être repris et de penser que tant d'efforts, tant de sang répandu n'aboutissaient pour la seconde fois qu'à l'invasion, tout cela nous faisait pencher la tête. On n'entendait que le bruit des pas dans la boue.

Cette tristesse durait depuis longtemps, lorsqu'une voix me dit:

« Bonjour, Joseph ! »

Je m'éveillai, regardant celui qui me parlait, et je reconnus le fils du tourneur Martin, notre voisin de Phalsbourg; il était caporal au 6e, et marchait en serre-file, l'arme à volonté. Nous nous serrâmes la main. Ce fut une véritable consolation pour moi de voir quelqu'un du pays.

Malgré la pluie qui tombait toujours, et la grande fatigue, nous ne fîmes que parler de cette terrible campagne. Je lui racontai la bataille de Waterloo; lui me dit que le 4e bataillon, à partir de Fleurus, avait fait route sur Wavre avec tout le corps d'armée de Grouchy; que, dans l'après-midi du lendemain 18, on entendait le canon sur la gauche, et que tout le monde voulait marcher dans cette direction; que c'était aussi l'avis des généraux, mais que le maréchal, ayant reçu des ordres positifs, avait continué sa route sur Wavre. Ce n'est qu'entre six et sept heures, et quand il fut clair que les Prussiens s'étaient échappés, qu'on avait changé de direction à gauche, pour aller rejoindre l'Empereur; malheureusement il était trop tard, et vers minuit il avait fallu prendre position dans les champs. Chaque bataillon avait formé le carré. A trois heures du matin, le canon des Prussiens avait réveillé les bivouacs, et l'on s'était tiraillé jusqu'à deux heures de l'après-midi, moment où l'ordre était venu de se mettre en retraite. . . . C'est tout ce que me raconta Martin; il n'avait aucune nouvelle de chez nous.

Ce même jour, nous passâmes par Givet; le bataillon bivouaqua près du village de Hierches, une demi-lieue plus loin. Le lendemain, après avoir passé par Fumay et Rocroy, nous couchâmes à Bourg-Fidèle, le 23 juin à Blombay, le 24 à Saulsse-Lenoy, où l'on apprit l'abdication de l'Empereur, et les jours suivants à Vitry, près de Reims, à Jonchery, à Soissons; de là le bataillon prit la route de Villers-Cotterets; mais l'ennemi nous ayant déjà devancés, nous changeâmes de direction par la Ferté-Milon, et nous allâmes bivouaquer à Neuchelles, village ruiné par l'invasion de 1814, et qui n'avait pas encore été rebâti.

Nous partîmes de cet endroit le 29, vers une heure du matin, et nous passâmes par Meaux. Il fallut prendre la route de Lagny, parce que les Prussiens occupaient celle de Claye; nous poursuivîmes notre route tout le jour et la nuit suivante.

Le 30, à cinq heures du matin, nous étions au pont de Saint-Maur. Le même jour, à trois heures du soir, nous avions passé hors de Paris, et nous bivouaquions près d'un endroit riche en toutes choses, appelé Vaugirard, sur la route de Versailles. Le 1er juillet, nous étions allés bivouaquer près d'un endroit superbe appelé Meudon. On voyait, aux jardins, aux vergers entourés de murs, à la grandeur extraordinaire des maisons, à leur bon entretien, que c'étaient les environs de la plus belle ville du monde, et pourtant nous vivions au milieu de la misère et des dangers; le cœur nous en saignait! Les gens sont bons, ils aiment les soldats; on nous appelait défenseurs de la patrie, et les plus pauvres voulaient se battre avec nous.

Le 1er juillet, nous quittâmes la position à onze heures du soir, pour aller à Saint-Cloud, qui n'est que palais sur palais, jardins sur jardins, grands arbres, allées magnifiques; tout ce qu'on peut se figurer d'admirable. A six heures, nous partîmes de Saint-Cloud, pour revenir prendre position à Vaugirard. Des rumeurs terribles couraient dans la ville. . . . L'Empereur était parti pour Rochefort. . . . On disait:

« Le roi de Rome va revenir . . . Louis XVIII est en route. . . . »

A Vaugirard, l'ennemi vint nous attaquer vers une heure de l'après-midi, dans les environs du village d'Issy. Nous nous battîmes jusqu'à minuit pour notre capitale. Le peuple nous aidait, il venait relever nos blessés sous le feu des Prussiens; les femmes avaient pitié de nous.

Notre souffrance d'avoir été menés jusque-là par la force ne peut pas se dire. . . . J'ai vu Buche lui-même pleurer, parce que nous étions en quelque sorte déshonorés. J'aurais bien voulu ne pas voir cela! Douze jours auparavant, je ne me figurais pas si bien la France. En voyant Paris avec ses clochers et ses palais innombrables, qui s'étendent aussi loin que va le ciel, je pensais:

« C'est la France! . . . Voilà ce que depuis des centaines et des centaines d'années nos anciens ont amassé. Quel malheur de dire que les Anglais et que les Prussiens arrivent jusqu'ici. »

A quatre heures du matin, nous attaquâmes les Prussiens avec une nouvelle fureur, et nous leur reprîmes les positions perdues la veille. C'est alors que des généraux vinrent nous annoncer une suspension d'armes. Ces choses se passaient le 3 juillet 1815. Nous pensions que cette suspension d'armes était pour prévenir l'ennemi que, s'il ne se retirait pas, la France se lèverait comme en 92 et qu'elle l'écraserait! Nous avions des idées pareilles; et moi, voyant ce peuple qui nous soutenait, je me rappelais les levées en masse dont le père Goulden me parlait toujours.

Malheureusement un grand nombre étaient si las de Napoléon et des soldats, qu'ils sacrifiaient la patrie elle-même pour en être débarrassés; ils mettaient tout sur le dos de l'Empereur, et disaient que, sans lui, les autres n'auraient jamais eu ni la force ni le courage de venir, qu'il nous avait épuisés, et que les Prussiens eux-mêmes nous donneraient plus de liberté.

Et comme on rêvait à ces choses, le 4 on nous annonça l'armistice, par lequel les Prussiens et les Anglais devaient occuper les barrières de Paris, et l'armée française se retirer derrière la Loire.

Alors l'indignation de tous les honnêtes gens fut si grande, que la colère nous rendit furieux; les uns cassaient leurs fusils, les autres déchiraient leurs uniformes, et tout le monde criait:

«Nous sommes trahis . . . nous sommes livrés. . . .»

Les vieux officiers, pâles comme des morts, restaient là. . . . Les larmes leur coulaient sur les joues. Personne ne pouvait nous apaiser. Nous étions tombés au-dessous de rien: nous étions un peuple conquis!

Dans deux mille ans, on dira que Paris a été pris

par les Prussiens et les Anglais . . . c'est une honte éternelle, mais cette honte ne repose pas sur nous.

Le bataillon partit de Vaugirard à cinq heures du soir, le 5 juillet, pour aller bivouaquer à Montrouge. 5 Comme on voyait que le mouvement du côté de la Loire commençait, chacun se dit:

«Qu'est-ce que nous sommes donc? Est-ce que nous obéissons aux Prussiens? Parce que les Prussiens veulent nous voir sur l'autre rive de la Loire, 10 nous sommes forcés d'obéir? Non! non! cela ne peut pas aller. Puisqu'on nous trahit, eh bien! partons. Tout cela ne nous regarde plus. Nous avons fait notre devoir. . . Nous ne voulons pas obéir à Blücher!»

Et ce même soir la désertion commença. Tous les 15 soldats partaient, les uns à droite, les autres à gauche. Je dis à Buche:

«Laissons tout cela . . . retournons à Phalsbourg . . . au Harberg . . . reprenons notre état, vivons comme d'honnêtes gens. Si les Prussiens, les Au- 20 trichiens ou les Russes arrivent là-bas, les montagnards et ceux de la ville sauront bien se défendre. Nous n'aurons pas besoin de grandes batailles pour en exterminer des mille et des mille. En route!»

Nous étions une quinzaine de Lorrains au bataillon; 25 nous partîmes ensemble de Montrouge, où se trouvait le quartier général. Les uns conservaient l'uniforme, d'autres n'avaient que la capote, d'autres avaient acheté une blouse.

C'était le 6 au matin, et, depuis cet endroit, nous 30 fîmes régulièrement nos douze lieues par jour.

Le 8 juillet, on savait déjà que Louis XVIII allait revenir. Toutes les voitures, les pataches, les diligences portaient déjà le drapeau blanc; dans tous les villages où nous passions, on chantait des *Te Deum*; les maires, les adjoints, louaient et glorifiaient le 5 Seigneur du retour de Louis le Bien-Aimé.

Des gueux, en nous voyant passer, nous appelaient *Bonapartistes!* Ils excitaient même les chiens contre nous... Mais j'aime mieux ne pas parler de cela; les gens de cette espèce sont la honte du genre humain. 10 Nous ne leur répondions que par un coup d'œil de mépris qui les rendait encore plus insolents et plus furieux. Plusieurs d'entre nous balançaient leur bâton comme pour dire:

«Si nous vous tenions dans un coin, vous seriez 15 doux comme des moutons!»

A mesure que nous avançions, tantôt l'un, tantôt l'autre se détachait de la troupe et s'arrêtait dans son village; de sorte qu'après Toul, Buche et moi, nous étions seuls. 20

C'est nous qui vîmes encore le plus triste spectacle: des Allemands et des Russes en foule, maîtres de la Lorraine et de l'Alsace. Ils faisaient l'exercice à Lunéville, à Blamont, à Sarrebourg, avec des branches de chêne sur leurs mauvais shakos. Quel chagrin de 25 voir des sauvages pareils vivre et se goberger au compte de nos paysans!... Ah! le père Goulden avait bien raison de dire que la gloire des armes coûte cher... Tout ce que je souhaite, c'est que le Seigneur nous en débarrasse pour les siècles des 30 siècles.

Enfin le 16 juillet 1815, vers onze heures du matin, nous arrivâmes à Mittelbronn, le dernier village sur la côte avant Phalsbourg. Le blocus était levé depuis l'armistice, des Cosaques, des landwehrs et des kaiserlicks remplissaient le pays: ils avaient encore leurs batteries en position autour de la place, mais on ne tirait plus ; les portes de la ville étaient ouvertes, les gens sortaient pour faire leurs récoltes.

On avait grand besoin de rentrer les blés et les seigles, car on peut s'imaginer la misère, avec tant de milliers d'êtres inutiles à nourrir, et qui ne se refusaient rien, qui voulaient du *schnaps* et du lard tous les jours.

Devant l'auberge de Heitz, je dis à Buche:

« Entrons . . . les jambes me manquent.»

Alors j'entrai, je m'assis, et je me penchai sur la table, pour pleurer à mon aise. La mère Heitz courait chercher une bouteille de vin à la cave; j'entendais aussi Buche sangloter dans un coin. Nous ne pouvions parler ni l'un ni l'autre, en songeant à la joie de nos parents; la vue du pays nous avait bouleversés, et nous étions contents de penser que nos os reposeraient un jour en paix dans le cimetière de notre village.

En attendant, nous allions toujours embrasser ceux que nous aimions le plus au monde.

Quand nous fûmes un peu remis, je dis à Buche:

— Tu vas partir en avant . . . je te suivrai de loin, pour que ma femme et M. Goulden n'aient pas trop de surprise. Tu commenceras par leur dire que tu m'as rencontré le lendemain de la bataille, sans blessures; ensuite que tu m'as encore rencontré dans les environs de Paris . . . et même sur la route. . . et seulement à la fin tu diras: « Je crois qu'il n'est pas loin et qu'il va venir! » Tu comprends? 5

— Oui, je comprends, dit-il en se levant après avoir vidé son verre, et je ferai la même chose pour la grand'mère, qui m'aime plus que les autres garçons. J'enverrai quelqu'un d'avance.»

Il sortit aussitôt et j'attendis quelques instants. 10 La mère Heitz me parlait, mais je ne l'écoutais pas; je songeais au chemin qu'avait déjà pu faire Buche, je le voyais dans l'avancée, sous la porte. . . Tout à coup, je partis en criant:

« Mère Heitz! je vous payerai plus tard. » 15

Et je me mis à courir. Il me semble bien avoir rencontré trois ou quatre personnes qui disaient:

« Hé! c'est Joseph Bertha! . . . »

Mais je n'en suis pas sûr. D'un coup, sans savoir comment, je montai l'escalier de notre maison, et puis 20 j'entendis un grand cri. Catherine était dans mes bras! . . . J'avais en quelque sorte la tête bouleversée, et seulement un instant après, je sortis comme d'un rêve: je vis la chambre, M. Goulden, Jean Buche, Catherine, et je me mis tellement à sangloter, qu'on 25 aurait cru qu'il venait de m'arriver le plus grand malheur. M. Goulden ne disait rien, ni Buche. Je tenais Catherine assise sur mes genoux, je l'embrassais; elle pleurait aussi. Et je m'écriai:

— Ah! monsieur Goulden, pardonnez-moi. J'aurais 30

déjà voulu vous embrasser, vous, mon père, vous que j'aime autant que moi-même !

— C'est bon, Joseph, dit-il tout attendri, je le sais. . . . Je ne suis pas jaloux.

Il s'essuyait les yeux.

— Oui . . . oui . . . l'amour . . . la famille . . . et puis les amis. . . . C'est naturel, mon enfant. . . . Ne te trouble pas.

Alors je me levai et j'allai le serrer sur mon cœur.

Le premier mot que me dit Catherine, ce fut :

« Joseph, je savais que tu reviendrais, j'avais mis ma confiance en Dieu ! . . . Maintenant nos plus grandes misères sont passées. Nous resterons toujours ensemble. »

M. Goulden, près de l'établi, souriait ; Jean, debout, à côté de la porte, disait :

« Maintenant je pars, Joseph, je vais au Harberg, le père et la grand'mère m'attendent. »

Il me tendait la main, et je la retenais, disant :

« Jean, reste . . . tu dîneras avec nous. »

M. Goulden et Catherine l'engageaient aussi, mais il ne voulut pas attendre. En l'embrassant sur l'escalier, je sentis que je l'aimais comme un frère.

Il est revenu bien souvent depuis ; chaque fois qu'il arrivait en ville pendant trente ans, c'est chez moi qu'il descendait. Maintenant il repose derrière l'église de la Hommert ! C'était un brave homme, un homme de cœur. . . . Mais à quoi vais-je penser !

Il faut pourtant que cette histoire finisse, et je n'ai rien dit encore de la tante Grédel, qui vint une heure après. Ah! c'est elle qui levait les bras, c'est elle qui me serrait en criant:

« Joseph! . . . Joseph! te voilà donc réchappé de tout! Qu'on vienne te reprendre maintenant . . . qu'on vienne! Ah! comme je me suis repentie de t'avoir laissé partir. . . . Comme j'ai maudit la conscription et le reste. . . . Mais te voilà . . . c'est bon . . . c'est bon! Le Seigneur a eu pitié de nous. »

Oui, tout cela, toutes ces vieilles histoires, quand on y pense, vous font encore venir les larmes aux yeux; c'est comme un rêve, un songe oublié depuis des années et des années, et pourtant c'est la vie. Ces joies et ces chagrins qu'on se rappelle sont encore la seule chose qui vous rattache à la terre et qui fait que, dans la grande vieillesse, lorsque les forces s'en vont, lorsque la vue baisse, et que l'on n'est plus que l'ombre de soi-même, on ne veut jamais partir, on ne dit jamais: « C'est assez! »

Je me souviens, — et ceci doit finir cette longue histoire, — qu'après mon retour, durant quelques mois et même des années, une grande tristesse régnait dans les familles, et qu'on n'osait plus se parler franchement, ni faire des vœux pour la gloire du pays. Zébédé lui-même, rentré parmi ceux qu'on avait licenciés derrière la Loire, Zébédé lui-même avait perdu courage. Cela venait des vengeances, des jugements et des fusillades, des massacres et des revanches de toute sorte; cela venait de notre humiliation: des cent cinquante mille Allemands, Anglais et Russes qui tenaient garnison dans nos forteresses, des indemnités de guerre, des contributions forcées, et principalement des lois contre les suspects, et pour les droits d'aînesse qu'on voulait rétablir.

Toutes ces choses, contraires au bon sens, contraires à l'honneur de la nation, avaient fini par vous rendre sombres. Aussi, souvent, quand nous étions seuls avec Catherine, M. Goulden, tout rêveur, me disait:

« Joseph, notre malheureux pays est bien bas! Quand Napoléon a pris la France, elle était la plus grande, la plus libre, la plus puissante des nations; tous les autres peuples nous admiraient et nous enviaient! . . . Aujourd'hui, nous sommes vaincus, ruinés, saignés à blanc; l'ennemi remplit nos forteresses, il nous tient le pied sur la gorge. . . . Ce qui ne s'était jamais vu depuis que la France existe, — l'étranger maître de notre capitale! — nous l'avons vu deux fois en deux ans! Voilà ce qu'il en coûte de mettre sa liberté, sa fortune, son honneur entre les mains d'un ambitieux! . . . Oui, nous sommes dans une bien triste position; on croirait que notre grande Révolution est morte, et que les Droits de l'Homme sont anéantis! . . . Eh bien! il ne faut pas se décourager, tout cela passera! . . . Ceux qui marchent contre la justice et la liberté seront chassés; ceux qui veulent rétablir les privilèges et les titres seront regardés comme des fous. La grande nation se repose, elle réfléchit sur ses fautes, elle observe ceux qui veulent la conduire contre ses intérêts, elle lit dans le fond de leur âme; et, quand elle sera lasse de sa misère, elle mettra ces gens dehors du jour au lendemain. Et ce sera fini, car la France veut la liberté, l'égalité et la justice! La seule chose qui nous manque, c'est l'instruction; mais le peuple s'instruit tous les jours, il profite de notre expérience et de nos malheurs. Je n'aurai peut-être pas le bonheur de voir le réveil de la patrie, je suis trop vieux pour l'espérer; mais toi, tu le verras, et ce spectacle te consolera de tout; tu seras fier d'appartenir à cette nation généreuse, qui marche bien loin en avant des autres depuis 89.

Cet homme de bien, jusqu'à sa dernière heure, conserva son calme et sa confiance.

Et j'ai vu l'accomplissement de ses paroles; j'ai vu le retour du drapeau de la liberté, j'ai vu la nation croître en richesse, en bonheur, en instruction; j'ai vu ceux qui voulaient arrêter la justice et rétablir l'ancien régime, forcés de partir; et je vois que l'esprit marche toujours, que les paysans donneraient jusqu'à leur dernière chemise pour avancer leurs enfants.

Malheureusement, nous n'avons pas assez de maîtres d'école. Ah! si nous avions moins de soldats et plus de maîtres d'école, tout irait beaucoup plus vite. Mais, patience, cela viendra. Le peuple commence à comprendre ses droits; il sait que les guerres ne lui rapportent que des augmentations de contributions, et quand il dira: « Au lieu d'envoyer mes fils périr par milliers sous le sabre et le canon, je veux qu'on les instruise et qu'on en fasse des hommes! » qui est-ce qui oserait vouloir le contraire, puisque aujourd'hui le peuple est le maître?

Dans cet espoir, je vous dis adieu, mes amis.

NOTES

The heavy numbers refer to pages, the ordinary ones to lines. Names of villages, and other proper nouns of no historical interest (especially those on pages 9, 13 and 135) have been omitted in the notes and vocabulary. For villages and cities situated in the vicinity of Waterloo, see maps opposite page 1.

1. **Waterloo,** a village of Belgium, not far from Brussels, where Napoleon was defeated in 1815 by the combined armies of Wellington and Blücher. The French pronounce Va-tér-lo.

9. **du département.** France is divided into 86 departments, 362 arrondissements, 2871 cantons and 36000 communes. In 1815 Phalsbourg, the native town of Joseph Bertha, was in the department of La Meurthe. It has belonged to Germany since the treaty of Francfort (1871).

10. **rejoindre.** Supply: their regiments.

12. **rien ne me coûtait,** I did not spare myself.

17. **Bertha,** and other characters in the Conscrit are described in the summary of *Le Conscrit de 1813* and of the omited part of *Waterloo* to be found at the end of the Introduction.

2.—21. **Metz** (sound *Mess*), a very strongly fortified place, the former chief-town of the department of La Moselle; especially famous for its surrender through Marshal Bazaine's treason during the Franco-Prussian war; has belonged to Germany since 1871.

26. **Vous êtes marié depuis,** *you have been married for . . .*

3.—3. **Zébédé** was one of Bertha's friends. Having remained in the army after the campaign of 1813, he had become a sergeant.

8. **vient de me donner.** Cf. the following translations: *venir passer*, to come and pass; *venir à passer*, to happen to pass; *venir de passer*, to have just passed.

29. **l'idée me vint d'aller . . .** Be careful to follow the grammatical construction: *l'idée d'aller . . . me vint.*

4.—2. **que** is used here to avoid the repetition of *quoique* (see l. 1).

18. **les Quatre-Vents,** a small hamlet near Phalsbourg, where the mother-in-law of Bertha lived.

6.—18. **fit** is often used instead of *dit.*

24. **Hanau,** a Prussian town where Napoleon defeated the the Austro-Bavarian army in 1813.

8.—15. **la porte de France.** Phalsbourg, being a fortified town, had only two gates: "the gate of France" and "the gate of Germany."

9.—5. **schlitteur.** The *schlitte* (German Schlitten) is a sledge used in bringing wood down the hills. The *schlitteur* is the man who guides it. Tr. *woodcutter.* — **Le Harberg,** a hamlet not very far from Phalsbourg.

23. **on laisse . . . qui vous aiment.** As the indefinite pronoun *on* can only be used as subject, the pronoun *vous* generally replaces it as direct or indirect object in a following clause. There are many examples of it in this text.

10.—10. **lui,** used by way of emphasis.

15. **n'avait pu.** *Pas* may be omitted with a few verbs.

11.—21. **nous avions place au feu.** Their billets gave them the right to prepare their meal in the kitchen.

29. **Alsace,** a former French province; since 1871, it has been a part of Germany (except Belfort and its territory). — **Lorraine,** also a former French province, a part of which has belonged to Germany since 1871.

12.—30. **Thionville,** a former city of the department of La Moselle; has belonged to Germany since 1871 and is called Diedenhofen.

15.—1. **la Meuse,** a river 434 miles long, which takes its rise in Eastern France, flows through Belgium and Holland. See map.

16.—11. **le roulement.** Supply: of the drums.

27–30. **Marengo** (sound *en* like *in*), a village of Piedmont

(Italy) where the French defeated the Austrians (June 14, 1800). — **Friedland,** a village of Prussia where the Russians were defeated by Napoleon on June 14, 1807. — **Austerlitz,** a village of Moravia (Austria) where Napoleon vanquished the Austrians and Russians (1805). — **Wagram,** an Austrian village, where Napoleon was again victorious (1809).

17.—6. **nous ne sommes plus les mêmes hommes,** *we are no longer fellow-creatures.*

11. **Iéna,** a German village near which Napoleon defeated the Prussians in 1806.

13. **Montmirail,** a town in the department of La Marne where Napoleon vanquished the Russians and the Prussians (1814).—**que,** *let.*

15. **vous,** to the others.

18. **la Confédération du Rhin.** In 1806 Napoleon created the Confederation of the Rhine to establish in Western Germany a group of States capable of counteracting the influence of the two great German Powers, Prussia and Austria.

18.—2. **les Droits de l'homme,** an allusion to the "*Déclaration des Droits de l'homme et du citoyen,*" a list of principles adopted by the Constituent Assembly of 1789. It recognized the equality of all citizens and proclaimed the national sovereignty.

19.—7. **que** for *lorsque* (see line 6).

9. **Lutzen,** a city in Saxony near which Napoleon defeated the Russians and the Prussians.—**Austerlitz,** etc. see n. 16, 27.

20.—1. **schlitte,** see n. 9, 5.

18. **Lui,** see n. 10, 10.

21.—4. **Leipzig,** a city in Saxony near which an indecisive battle was fought in 1813 between the French and the troops of the allies.

22.—7. **Jemmapes,** a Belgian village where Dumouriez defeated the Austrians in 1792.—**Fleurus** (sound the s), another Belgian village where Jourdan vanquished the Austrians in 1794.

22. **il se fit une rumeur . . . ,** impersonal construction for *une rumeur . . . se fit.*

23.—21. **Bourmont,** (Count of) (1773–1846) a French general who betrayed the French, as related here, the day before the battle of Ligny; later became marshal of France.

24. **Tout mon sang . . . un tour.** *This news made my blood run cold.*

25.—3. **la Sambre,** a river (100 miles long) that rises in Northern France and flows into the Meuse at Namur. See map.

27. **non plus,** either.

26.—10. **il en venait . . . d'autres,** impersonal construction for *d'autres venaient.*

17. **pas mal** = *beaucoup.*

30. **Gérard,** (1773–1855) a marshal of France, born at Damvillers (department of La Meuse).

29.—10. **Que de** = *Combien de.*

30.—14. **Cela vous tombait sous le bon sens,** *that seemed to be the proper thing to do.*

25. **Dresde** (*Dresden*) the capital of Saxony.— **depuis Dresde jusqu'à Paris,** allusion to the hasty retreat of the French army in 1813.

31.—18–19. **nous . . . vous.** Note the joint use of *nous* and *vous* representing the indefinite pronoun subject *on* of l. 17. See n. 9, 23.

34.—21. **donné,** *charged.*

36.—8. **Ver da?** for *Wer da?* German phrase meaning: *who is there?* Cf. the French: *qui vive?*

14. **On aurait dit** = *Cela ressemblait à.*

38.—8. **Vandamme,** a French general (1770–1830).

11. **il en vient toujours,** impersonal construction. Tr.: "they keep on coming."

39.—1. **que** = *dans le moment où.*

40.—20. **Grouchy** (1768–1847), a marshal of France, considered by many as having caused the defeat of Napoleon at Waterloo through his indecision. Erckmann-Chatrian defend his course p. 101, ll. 5–13 and p. 134, ll. 10–20.

43.—3. **Elbe,** *Elba,* a small island in the Mediterranean sea where Napoleon was exiled in 1814.

44. — 28. **que,** *let.*

29. **autres,** emphasizes *nous*; expletive, untranslatable.

47.—15. **bien,** *it is true.*

50.—2. **pire que dehors.** Supply *dedans* (inside) after *pire.*

53.—3. **Blücher** (1742–1819), a Prussian general whose timely arrival helped the English to win the victory at Waterloo.

54.—16. **Mettez donc.** *Donc* after an imperative is emphatic. Tr.: "do put."

58.—1. **nous sortîmes à six,** *six of us left.*

60.—24. **souffrir comme des malheureux,** *suffer terribly.*

62.—4. **général d'Erlon,** a marshal of France, born at Reims (1765–1844). — **Ney** (Michel), duke d'Elchingen, prince de la Moskowa, a marshal of France; born at Sarrelouis (Prussia) in 1769; distinguished himself in the wars of the First Revolution and the Empire. Napoleon had nicknamed him "*Le Brave des braves.*" Although appointed a peer of France by Louis XVIII., Ney sided with Napoleon when the latter escaped from Elba. Upon the return of the Bourbons in 1815, he was condemned to death and shot.

64.—3. **sa queue de cheval flottante.** The cuirassiers helmets are adorned with horse tails.

23. **Rien qu'en parlant de lui, je l'entends,** *at the mere mention of his name, I believe I still hear him.*

65.—13. *que,* let.

67.—11. **ceux-là.** Omit. It is an emphatic repetition of the subject *conscrits* l. 8.

12. **se passer de tremper la cuiller,** *to get along without dipping the spoon.* Tr.: "to do without soup."

72.—23. **de la bonne soupe,** colloquial for *de bonne soupe.*

73.—27. **habits rouges,** i. e. the English.

74.—15. **la Thy.** The real name of this river is *la Dyle.* See map.

81.—15. **quelque cent pas.** *Quelque* does not take the plural mark when it precedes a cardinal number.

17. **des Allemands.** The army commanded by the duke of

Wellington consisted of 23,991 English soldiers, 25,386 Germans and 17,984 Hollando-Belgians, in all 67,661 men with 156 cannon. The Prussians who reached the field of battle at nightfall under the command of Blücher, numbered 51,944 men with 104 guns. Napoleon's army counted 71,947 men with 246 cannon.

82.—24–25. **Qu'on juge . . . quelle mine on avait.** Notice the peculiar duplication of *on*, the first referring to the reader, the second to the soldiers. There is a similar case in Molière's *Le Misanthrope* I, 1, 56.

83.—6. **Reille** (1775–1860), a marshal of France.

18. **la grand' route.** In Old French, adjectives, derived from Latin adjectives ending in **is, e,** had only one form for the masculine and the feminine. Later they followed the general rule i. e. an *e* mute was added for the feminine, except in a few combinations such as *grand' route*, *grand' mère* (grandmother), *grand' messe* (high mass) etc. The presence of the apostrophe is explained by the fact that the printers of the 16th century thought an *e* had been elided.

84.—5–15. **Il est aussi vrai . . .** Note the ungrammatical construction.

85.—9–11. **Milhaud,** a French general. A. Daudet speaks of Milhaud's cuirassiers in his short story: *Le siège de Berlin.* **Lefebvre-Desnouëttes,** a French general (1773–1822).—**Lobau** (Mouton, Count of Lobau) a marshal of France, born at Phalsbourg (1770–1838). It is surprising that Erckmann-Chatrian do not mention the fact here.

90.—11. **la Moskowa,** a river of Central Russia on the banks of which the Russians were defeated by the French in 1812.

96.—9. **des Allemands.** See note p. 81, 17.

26. **Enfoncez-moi cela.** *Moi* is the so-called ethical dative.

97.—7. **presque en chemise,** *with their clothes almost all torn.*

98.—17. **au 6e léger** i. e. *au 6e régiment d'infanterie légère.*

100.—22. **le lendemain de Ligny** i. e. *le lendemain de la bataille de Ligny.*

101.—9. **Wellington** (Duke of), an English general, who commanded in chief the troops of the allies during the campaign of 1815 and won the battle of Waterloo. (1769–1852).

18. **leur heure** i. e. *leur dernière heure.*

103.—9. **Kellermann** (François-Étienne) a French general (1770–1825) whose father defeated the Prussians at Valmy in 1792.

104.—5. **des carrés rouges et des carrés noirs.** The English wore red coats and the Germans black ones.

21. **des émigrés** i. e. of all the sympathizers of the monarchy who had fled from France at the beginning of the Revolution.

107.—22. **bien.** See note 47, 15.

108.—16. **que vous donnent le courage et la force.** The regular construction is: *que le courage et la force donnent.* The relative pronoun **que** is never subject.

24–25. **Kléber,** a French general; born at Strasbourg in 1753. He distinguished himself in the wars of the Revolution and in Egypt where he was assassinated in 1800. — **Hoche,** a famous French general who died very young (1768–1797). — **Marceau,** another famous French general of the same generation. He was killed at Altenkirchen when he was only 27 years old (1769–1796).

109.—4. **le roi de Rome** i. e. the son of Napoleon and Marie-Louise. After his father's abdication, he retired to Austria and was given the title of duke of Reichstadt (1811–1832).

110.—13. **Friant** (Count), a French general (1758–1829).

111.—28. **tout ce qui pouvait** i. e. *tous ceux qui pouvaient . . .*

112.—4. **les autres partis** i. e. *que les autres canons étaient partis.*

113.—15. **Bülow,** a Prussian general who distinguished himself in the battles of Ligny and Waterloo (1755–1816).

114.—7. **les malheureux,** i. e. the poor French soldiers.

28. **peut-être couraient-ils.** When such words as *peut-être, encore, aussi* (therefore), *en vain, à peine,* begin a clause, we generally have the interrogative construction.

115.—13. **levé la crosse,** *raised the butt-ends of our guns* (as a sign of surrender).

117.—30. **la Thy.** See note 74. 15.

118.—22. **qu'il . . . avait,** *that He had.* Note that the French do not capitalize the first letter of the personal pronoun representing the Deity.

120.—25. **le roi Jérôme.** Jérôme Bonaparte, the youngest brother of Napoleon; born at Ajaccio in 1784; King of Westphalia (1807–1813); died in 1860.

127.—12. **cette auberge qui n'était qu'un bouchon.** *Bouchon* literally means a wisp of straw or a bush used as a sign for inns. Figuratively, as here, it means a small drinking house without accommodation for travelers.

14. **de chez nous,** *of our district, of Alsace.*

128.—25. **trop fort,** *exaggerated.*

129.—19. **livre.** The real value of this coin varied with the times and places. Replace it here by *francs.*

130.—14. **Un mot,** *a few lines.*

131.—2. **bien entendu,** *of course.*

132.—22. **quatre mots,** *a few words.* Note the use of *quatre* to indicate a small indeterminate number; cf. note 130. 14.

134.—6. **quelqu'un du pays** = *un compatriote.*

12. **du lendemain 18,** i. e. June 18.

136.—8. **Rochefort,** a sea-port in the department of La Charente-Inférieure, from which Napoleon sailed for Saint Helena (1815).

9. **Louis XVIII.** He was a brother of Louis XVI.; born in 1755; king of France from 1814 to 1824 with a short interruption in 1815. When Napoleon escaped from Elba, Louis XVIII. fled to Gand, a city of Belgium, where he remained till the second abdication of Napoleon allowed him to return to Paris. His reign was rather unpopular. See pp. 143, 144, 145.

137.—13. **tout,** *the whole responsibility.*

20. **la Loire,** the longest French river (645 miles long). It flows westward through Central France and empties itself in the Atlantic Ocean.

139.—3. **le drapeau blanc.** The white flag was the emblem of the Bourbons.

6. **le Bien-Aimé.** This epithet is generally given to Louis XV., not to Louis XVIII.

140.—4. **des landwehrs et des Kaiserlicks,** *German militia men and Austrians.*

12. **du schnaps et du lard,** *brandy and bacon.*

141.—8. **grand'mère.** See n. 83, 18.

142.—26. **derrière l'église.** Cemeteries then surrounded the churches.—**La Hommert,** a small hamlet in the vicinity of Phalsbourg.

144.—21. **les Droits de l'Homme.** See note 18, 2.

145.—9. **depuis 89,** i. e. depuis 1789.

13. **drapeau de la liberté,** i. e. the three-colored flag.

COMPOSITION EXERCISES

I

Based on page 2 from line 3 to line 12

Questions

1. Cela dura-t-il longtemps? 2. Où était Joseph Bertha, ce jour-là? 3. Quelle heure était-il? 4. Qu'est-ce que Bertha remplissait? 5. La grande porte était-elle ouverte ou fermée? 6. Qui attendait pour charger les caisses? 7. Qu'est-ce que Bertha clouait? 8. Qui lui toucha l'épaule? 9. Que lui dit-il tout bas? 10. Où était le commandant?

Translation

REVIEW.—Definite article. Translation of *it* when subject. Possessive and demonstrative adjectives. Demonstrative pronoun *that*. Agreement of adjectives and past participles used as adjectives. Plural of nouns. Omission of *on* before dates. Translation of *with* by *de* after certain verbs. Present indicative of **être**, of regular verbs.

1. It is six o'clock A. M. 2. The soldiers find the door of the arsenal open. 3. It is wide open. 4. The soldiers fill the boxes with guns. 5. The wagons are waiting. 6. Bertha is nailing the last box. 7. That does not take[1] long[2]. 8. The soldiers are loading the boxes on their shoulders. 9. They fill

the wagons with boxes. 10. The major and the officer of the engineer corps remain in the main hall. 11. They desire to superintend the loading of the boxes[3]. 12. That takes[1] until six o'clock on that day.

[1] Use the verb *durer*. [2] See first question. [3] Say: to see load (infin.) the boxes.

II

Based on page 6, from line 3 to line 14

Questions

1. A quelle heure maman Grédel arrivera-t-elle ? 2. Où Bertha sera-t-il à cette heure-là ? 3. Qui est la mère de sa femme ? 4. Qui aime-t-elle ? 5. Que se mit-elle à faire ? 6. Jusqu'où reconduisit-elle Joseph ? 7. Qu'est-ce qu'il n'avait plus ? 8. Où arriva-t-il sur le coup de cinq heures ? 9. Que reçut-il ? 10. Qui l'attendait là ? 11. Quel ordre Zébédé donna-t-il à un de ses fusiliers ?

Translation

REVIEW. — Translation of *some* or *any*. Negation. Place of adverbs. Present indicative of *avoir* and *recevoir*. Future of regular verbs. Future of *partir* and *être*.

1. The fusileers arrive at the stroke of five. 2. They go up into the main room of the town hall. 3. They receive trousers, shoes, leggings, coats and cloaks. 4. The women are waiting outside. 5. They are there on the road. 6. Upon the stroke of seven, the soldiers will depart. 7. At eight o'clock they will have gone already very far[1]. 8. Their mothers and their wives are so courageous. 9. They

do not speak, they sob. 10. The mother of Bertha's wife is not there. 11. She will arrive at eight o'clock. 12. She has nobody in the world but her daughter.

[1] Say: they will already be very far.

III

Based on page 9, from line 16 to line 2, page 10

Questions

1. Qu'est-ce que Bertha n'a pas besoin de nous raconter? 2. De quoi les soldats sont-ils blancs? 3. Que portent-ils sur le dos? 4. Que font-ils en route? 5. Que traversent-ils? 6. Qui regardent-ils? 7. Que regardent-ils? 8. De quoi s'inquiètent-ils? 9. Pourquoi Bertha ne rit-il pas? 10. Qui a-t-il laissé à la maison? 11. Les reverra-t-il? 12. Comment tout défile-t-il quand on est triste? 13. Y pense-t-on encore cent pas plus loin?

Translation

REVIEW. — Repetition of the article. Feminine of *blanc*. Translation of *nothing*, of the relative pronoun *whom*, of the preposition *of* by *à* after *penser*. Imperfect indicative of regular verbs, of *être*, *avoir*, *aller*, *rire*.

1. Bertha was sad. 2. He did not speak[1]. 3. He did not laugh[1]. 4. He was thinking of his wife and of his old friends. 5. He went[1] from halting place to halting place. 6. He was not looking at anything. 7. The houses, sheds, villages were whizzing past before his eyes like shadows. 8. The houses

were white with dust. 9. Nothing was bothering the soldiers. 10. They were talking. 11. They were not sad. 12. They were laughing. 13. They were ogling the girls while passing through a village. 14. They were in need of nothing. 15. They were not thinking of the friends whom they were leaving behind them.[2]

[1] Use the imperfect. [2] at the house.

IV

Based on page 12, from line 10 to line 25

Questions

1. Qui secoua Bertha ? 2. Que lui dit-il ? 3. Qu'eurent-ils à peine le temps de faire ? 4. Qu'est-ce qui commençait quand ils arrivèrent sur la place de la caserne ? 5. Après l'appel, qu'est-ce qui s'avança ? 6. Qu'est-ce que chaque homme reçut ? 7. Qui était là ? 8. Qu'est-ce que Bertha vit ? 9. Quand sa lettre serait-elle bonne ? 10. Qui le regardait de loin ? 11. Bertha regardait-il Zébédé ? 12. Que cria-t-on dans le même instant ?

Translation

REVIEW. — Translation of *it is* before a noun. Place of personal pronouns when direct objects. Peculiarity of verbs ending in *cer*. Imperative. Passive voice. Translation of the present participle by the infinitive after prepositions, except *en*.

1. The soldier shakes his comrade. 2. Listen: "It is the call to arms." 3. My comrade is strap-

ping up his knapsack. 4. Where is my gun? 5. We go down. 6. We have barely time to reach the square in front of the barracks. 7. The officers are beginning the roll call. 8. The wagons are there. 9. The roll call is over. 10. Every man receives ball cartridges. 11. My comrades do not look at me. 12. They turn their heads[1] aside. 13. The major cries: "Forward march!" 14. All is over. 15. I no longer rely on my letter, on anything.

[1] The head.

V

Based on page 15 from line 1 to line 12

Questions

1. Quel fleuve les soldats avaient-ils passé le 12 juin? 2. Que firent-ils le 13 et le 14? 3. Par quoi les chemins étaient-ils bordés? 4. Quel temps faisait-il? 5. Qu'est-ce que les soldats avaient supporté en Allemagne? 6. Que supportaient-ils en Belgique? 7. Qu'est-ce qui approchait? 8. Qu'entendait-on dans toutes les directions? 9. Que découvrait-on des hauteurs?

Translation

REVIEW. — Indefinite article. Definite article omitted in English, expressed in French. Translation of *in* before names of countries; of *it* when subject; of *by* by *de* after certain verbs. Past indefinite or perfect of regular verbs. Present of *voir*. Use of *être* with certain past participles.

1. In Germany the soldiers of Napoleon have endured rain and snow. 2. In Belgium they are endur-

ing heat and dust. 3. The roads are bad. 4. The battalions march in the fields. 5. They cross the Meuse on June 12.[1] 6. It is bordered by endless fields. 7. Bertha hears drums in all directions. 8. Our battalion is passing on a height. 9. We see, as far as the eye can reach, battalions in the wheat fields. 10. The files of lances and bayonets are endless. 11. Do you hear the sound of the trumpets? 12. Our turn has come. 13. Death[2] is approaching from all directions.

[1] See first question of V. [2] The extermination.

VI

Based on page 21 from line 11 to line 25

Questions

1. Qui bourra sa pipe? 2. Qui était de garde cette nuit-là? 3. Où Zébédé alla-t-il vers neuf heures? 4. Où Bertha s'étendit-il? 5. Quel temps faisait-il? 6. Qu'entendait-on? 7. Qu'est-ce qui brillait au ciel? 8. Les épis restaient-ils droits? 9. Qu'est-ce qui sonnait dans le lointain? 10. Qu'est-ce que Bertha finit par faire? 11. Qui le secoua entre deux et trois heures du matin?

Translation

REVIEW. — Plural of *ciel*. Translation of the interrogative pronoun *what* when direct object. Peculiarity of verbs of the first conjugation having an *e* mute immediately before the last syllable of the infinitive. Future of the reflexive verbs (regular).

1. We shall arrive after sunset. 2. We shall not be on guard. 3. We shall fill our pipes. 4. Will you stretch yourselves in the furrows? 5. Yes, on our knapsacks. 6. What will you hear? 7. The grasshoppers will chirp in the plain. 8. The tower clocks will strike the hours. 9. Not a whiff of wind will shake the ears of[1] corn.[1] 10. The stars will shine in the heavens. 11. The weather will be fine. 12. The sentinels will remain erect at the edge of the plain. 13. At nine o'clock the pickets will relieve the first ones.[1] 14. About eleven o'clock, we shall finally[2] fall asleep.

[1] Omit. [2] Imitate idiom of the French text.

VII

Based on page 31 from line 20 to line 4, page 32

Questions

1. Qui précédait la colonne? 2. Comment les soldats marchaient-ils? 3. Où étaient les capitaines? 4. Le commandant marchait-il? 5. Qu'est-ce que chaque homme avait reçu? 6. Quel temps faisait-il? 7. Qu'est-ce qui brillait comme de l'argent? 8. Parlait-on? 9. Que faisait Buche? 10. Et Zébédé regardait-il du côté de Bertha?

Translation

REVIEW. — Plural of nouns ending in *al*. Translation of *no*, *not any*, *nobody*, *everybody*; of *they* when indefinite by *on*. Translation of the present participle by the infinitive after prepositions, except *en*. Peculiarity of verbs ending in *yer;* of verbs of the first conjugation having an *é* immediately before the last syllable of the infinitive.

1. Before leaving, they[1] receive a loaf of bread and some rice. 2. The moonlight is splendid. 3. The trees shine like silver. 4. The major spreads out his scouts on the left and on the right of the road. 5. They precede the companies. 6. The column marches at the usual pace. 7. The major is on horseback. 8. His mare is small and gray. 9. The captains have no horses. 10. They walk like everybody else.[2] 11. Each captain precedes his company. 12. Nobody looks in the direction of his captain. 13. Everybody looks into the darkness on the right and on the left. 14. They[1] do not speak. 15. Every man holds his head erect and grits his teeth.

[1] *On*. [2] Omit.

VIII

Based on page 39 from line 25 to line 8, page 40

Questions

1. Qui avait passé le bois? 2. Qu'est-ce qu'on battit? 3. Qui prit les armes? 4. Qui arrivait? 5. Comment le général et son état-major passèrent-ils? 6. Qu'est-ce qui s'engagea presque aussitôt? 7. Qui s'approchait du village? 8. Qui traînait les deux pièces de canon? 9. Combien de coups tirèrent-elles? 10. Qu'est-ce qui cessa? 11. Où étaient les tirailleurs? 12. Que faisaient les Prussiens?

Translation

REVIEW. — Translation of *who* interrogative or relative. Plural of nouns in *al*. Plural of compound nouns formed either by two nouns or by a noun and an adjective. Peculiarity of verbs ending in *ger*. Conditional tense of regular verbs, of reflexive verbs.

1. Who would beat[1] the call to arms? 2. The generals and their staffs would arrive at a gallop. 3. Three or four regiments would cross the woods. 4. Our sharpshooters would approach the hills. 5. We should look at the artillerymen passing.[2] 6. Their horses would drag four or five guns to the top of a hill. 7. The battalions would start the fusillade. 8. The guns would arrive above the villages. 9. They would fire several shots. 10. We should climb back over the hills towards Fleurus. 11. We should approach the village. 12. The Prussians would stop the fusillade.

[1] Use the conditional tense throughout although no conditional sentence is expressed. [2] Replace by: *who would be passing*.

IX

Based on page 47 from line 15 to line 29

Questions

1. Qu'est-ce que les soldats français avaient alors? 2. Dans quelle condition les vergers et les jardins étaient-ils? 3. Qu'est-ce que les Prussiens continuaient à faire? 4. Qu'auraient-ils fait en dix minutes? 5. Que fit alors la colonne? 6. Au-dessus de quoi

Bertha sautait-il? 7. Les autres faisaient-ils comme lui? 8. Comment tout dégringolait-il?

Translation

REVIEW. — Affirmative and negative imperative of regular verbs; of *avoir*.

1. Go down. 2. Throw down a section of this wall. 3. The stones will tumble down the hill. 4. Tear down the garden[1] fences. 5. Don't jump over them.[2] 6. Destroy the orchards. 7. Barricade the hovels. 8. Let us continue to[2] direct[2] our running fire on the shelter of the column. 9. Let us exterminate the Prussians to the last man.[2] 10. They are in the hollow road. 11. Don't come down the hill again. 12. Keep your[3] self-respect. 13. Don't turn your head.

[1] Of the gardens. [2] Omit. [3] Have some.

X

Based on page 51 from line 10 to line 21

Questions

1. Quel bataillon avait le plus souffert? 2. Où passait-il? 3. Qui Bertha et ses camarades retrouvèrent-ils tout de suite? 4. Qui commandait cette compagnie? 5. Qu'est-ce qui arrivait par la même rue qu'eux? 6. Qui galopait? 7. Qu'est-ce que les pièces de canon et les caissons écrasaient? 8. Pourquoi n'entendait-on pas ce vacarme? 9. Qui criait? 10. Qui chantait? 11. Que voyait-on seulement?

Translation

REVIEW. — Omission of *with* in descriptive phrases. Translation of *nothing;* of *nothing but.* Agreement of past participles conjugated with *être.* Conditional tense of regular verbs, of *avoir*, *être*, *produire*, *souffrir.*

1. The cannon shots would produce[1] a great uproar. 2. The soldiers, with their guns on their shoulders, would arrive by the same street as our company. 3. They would be singing. 4. You could hear nothing amidst the fusillade. 5. The battalion would suffer. 6. We should pass at once to the second line. 7. All the captains, angry, would cry out. 8. They would have their mouths open. 9. They would have their hands up. 10. I should hear nothing but a great buzzing. 11. I would shake my head. 12. The soldiers would find at once their battalions. 13. A horse would gallop amidst the cannon[2] and the ammunition wagons. 14. His mouth would foam. 15. He would smash everything.

[1] Use the conditional tense throughout, although no conditional sentence is expressed. [2] Use the plural.

XI

Based on page 57 from line 7 to line 19

Questions

[Put answers in the same tenses as the questions]

1. Qu'est-ce qui se rapproche? 2. Qu'est-ce qui débouche tout-à-coup? 3. Qui bat en retraite? 4.

Pourquoi Bertha et ses camarades ne descendent-ils pas? 5. Que fait Zébédé enfin? 6. Qu'est-ce qui dépasse la grange? 7. Comment Bertha et les autres soldats descendent-ils? 8. Par quoi plusieurs soldats ont-ils été hachés? 9. Que crient-ils?

Translation

REVIEW.— Use of the definite article. Plural of nouns ending in *s*, in *au*. Place of personal pronouns as direct objects of verbs in compound tenses. Verbal adjectives and present participles. Agreement of past participles conjugated with *avoir*, with *être*. Past indefinite, pluperfect, imperative. Reflexive verbs.

1. Look outside. 2. Our comrades have passed the barns. 3. They are coming from all the streets. 4. The head of the column has reached the small square. 5. Our flags are all black. 6. Grapeshot has torn them. 7. The splinters of a shell have cut to pieces several of our comrades. 8. They cried[1] in a heartrending voice: "Long live the Emperor!" 9. The Prussians, having lowered the ladders of the barn, have come down in single file. 10. Beating a retreat, they have carried away their comrades whom the shells had torn. 11. Don't look outside. 12. The column is drawing near. 13. The cries and the cannonade are mingling again.

[1] Use the past indefinite.

XII

Based on page 63 from line 25 to line 8, page 64

Questions

1. Fait-il déjà sombre? 2. Qu'est-ce qui empêche de voir devant soi? 3. Qu'est-ce qui s'ébranle? 4. Qu'est-ce qui monte vers les moulins? 5. Qu'est-ce qui se confond? 6. Combien de carrés sont déjà rompus? 7. De temps en temps, qu'est-ce qu'un coup de feu montre? 8. Comment cela passe-t-il? 9. Qu'est-ce qui sort de la nuit un quart de seconde?

Translation

REVIEW.—Translation of *some* or *any* (expressed or omitted in English). Plural of *ciel*. Place and translation of personal pronouns objects of a preposition. Preterit or past definite.

1. An electric storm burst.[1] 2. The lightnings streaked the sky now and then. 3. They showed the confusion for[2] a quarter of a second. 4. The horsemen started in the rain. 5. The lancers and the cuirassiers passed fifty paces from us. 6. Their big horses trampled the wheat fields. 7. Going as fast as cannonballs, they broke everything before them. 8. Some horsemen, wounded or already dead, bent over their horses. 9. Rain and night prevented us from seeing very far. 10. Masses of smoke floated in the skies. 11. Three squares of infantrymen went up toward the mills. 12. Shots burst in the gloomy[3] night. 13. The firing by ranks of the infantrymen, the cries of the wounded,

the commands, the gallop of the horses mingled with the rolling of the storm.

[1] Use the preterit throughout. [2] Omit. [3] Place it after noun.

XIII

Based on page 75, from line 8 to line 20

Questions

1. Que méritent ceux qui volent et pillent en campagne? 2. Restait-il beaucoup de provisions dans les villages? 3. Qui avait presque tout pris? 4. Qu'est-ce qui restait aux soldats français? 5. Qu'est-ce que les Anglais recevaient de Bruxelles? 6. Comment étaient-ils nourris? 7. Pourquoi les Français manquaient-ils de vivres? 8. Le jour de la bataille de Waterloo, que reçurent-ils?

Translation

REVIEW.— Tenses in clauses beginning with *si* (if). Passive voice. Impersonal verbs. Conditional tense.

1. The Englishmen would have[1] no provisions. 2. They would have left only a little brandy for so many people. 3. We should be well fed. 4. We should receive our rations of rice and meat. 5. We would steal the oxen and sheep which we would meet. 6. We should pillage the convoys of provisions. 7. The soldiers would be in the pink of condition. 8. If you should steal during a campaign, you would deserve to be shot. 9. I should shoot those who pillaged[2] the

villages. 10. If you had not been late, you would have received a ration of brandy. 11. If a soldier should be late on the day of a[3] battle, he would deserve to be shot.

[1] Use the conditional tense throughout even when no conditional sentence is expressed. [2] Use the conditional. [3] un jour de.

XIV

Based on page 89, from line 13 to line 26

Questions

1. Où les soldats descendent-ils? 2. Qu'est-ce qui retarde leur marche? 3. Que crient-ils tous ensemble? 4. A la montée, que reçoivent-ils? 5. La fusillade les arrête-t-elle? 6. Pourquoi ne les arrête-t-elle pas? 7. Qu'est-ce qui bat? 8. Que crient les officiers? 9. Qu'est-ce qui fait allonger la jambe droite plus que l'autre aux soldats? 10. Arrivés près du chemin, qu'ont-ils perdu? 11. Qu'est-ce que les deux divisions forment?

Translation

REVIEW.— Translation of *it* when subject. Tenses used in clauses beginning with *quand*. Place of personal pronouns objects of verbs. Peculiarity of verbs in *ger*. Imperative. Future.

1. The division will form a large square. 2. When it reaches the causeway, it will stop. 3. We shall go down into the valley in spite of that terrible firing. 4. The soldiers will sink in the sticky soil. 5. It will delay their march. 6. At the ascent, the

charge will sound. 7. The fusillade will be frightful. 8. The thick hedges which border the roads will not stop us. 9. The officers will cry out all together to their soldiers. 10. Keep to the right. 11. Don't lose your distance. 12. Don't take a longer stride with one leg than with the other. 13. Charge bayonets![1] 14. The hail of bullets will not stop us.

[1] Replace by: *at the bayonet!*

XV

Based on page 96 from line 28 to line 11, page 97

Questions

1. Qu'est-ce que Bertha et les autres soldats jetaient? 2. Qu'est-ce qu'ils levaient? 3. Contre quoi les poussaient-ils? 4. La porte résistait-elle? 5. Qu'aurait-on cru à chaque coup? 6. Que voyait-on à travers les ais? 7. Si la porte était tombée, que serait-il arrivé? 8. Les soldats ressemblaient-ils encore à des hommes? 9. Qu'est-ce que les uns avaient perdu? 10. Comment étaient les autres? 11. Qu'est-ce qui leur coulait sur les mains? 12. Qu'est-ce qui arrivait de la côte? 13. Qu'est-ce qui sautait autour des soldats?

Translation

REVIEW.—Peculiarity of verbs of the first conjugation having an *e* mute immediately before the last syllable of the infinitive. Peculiarity of verbs ending in *eter*. Agreement of past participles conjugated with *être*, with *avoir*. Some verbs are transitive in English and intransitive in French and vice versa.

1. The men arrive. 2. They throw down their guns and their military caps. 3. Some lift beams. 4. Others lift paving stones. 5. Some push the beams against the doors. 6. Others smash[1] the doors by throwing paving stones at them.[2] 7. The doors creak but don't fall. 8. They resound at every blow like thunder. 9. The soldiers are blind with rage. 10. Their hands are crushed. 11. Their blood is flowing. 12. Their shirts are torn. 13. They no longer resemble men. 14. The fusillade resembles the rolling sound of the thunder. 15. Grapeshot falls on the paving stones which the soldiers have heaped up against the doors. 16. They break into dust.

[1] Use *cribler*. [2] Say : at blows of paving stones.

XVI

Based on page 103 from line 19 to line 3, page 104

Questions

1. Que crie le capitaine? 2. Quel ordre donne-t-il? 3. Que fait chacun? 4. Dans quoi fait-on des trous? 5. Combien de temps cela prend-il? 6. Que voit-on alors? 7. Qu'est-ce qui éclate dans les décombres? 8. Qui est embusqué dans le chemin creux? 9. Sur la droite des Français, qu'est-ce que les Anglais font? 10. Où emmènent-ils leurs pièces? 11. Pourquoi les emmènent-ils?

Translation

REVIEW. — Plural of nouns in *ou*. Place of personal pronouns objects of a verb. Peculiarity of verbs of the first conjugation having an *e* mute immediately before the last syllable of the infinitive; of verbs ending in *cer*. Future and imperative of regular verbs; of reflexive verbs. Future of *aller*, *faire* and *voir*.

1. Every one exclaims: Let us defend the roads against the enemy. 2. The English have left pickaxes and mattocks on the floors. 3. Let us pick them up. 4. Let us begin. 5. Let us hurry. 6. Let us pierce holes through the gables in the direction of the Englishmen. 7. What will the sharpshooters do? 8. They will be posted in ambush behind the walls within two gunshots from the center of the enemy. 9. They will kill the horses dragging the cannon[1] of the first line. 10. The English will take them further up. 11. You will see the fight. 12. The shells will burst within the walls. 13. The buildings will be on fire within a quarter of an hour. 14. Every one will exclaim: Where shall we go? what shall we do? 15. Let us move back our right. 16. Where shall we take our guns? 17. Take them away behind the hollow road.

[1] Translate the whole expression by *démonter les canons*.

XVII

Based on page 109 from line 6 to line 19

Questions

1. Qu'est-ce que les soldats de la vieille garde étaient habitués à faire? 2. A qui ressemblaient-ils?

3. Qu'est-ce qu'ils étaient? 4. Quand la garde s'avançait, que pouvait-on dire? 6. En voyant les Prussiens leur tomber en flanc, que se disaient les soldats français?

Translation

Review. — Agreement of adjectives modifying nouns of different genders. Translation of *it is* before nouns. Peculiarity of verbs ending in *ger* and *cer*. Reciprocal verbs. Present indicative of *voir*, *dire*.

1. We are the guard, the main support[1] of the Emperor. 2. We resemble one another. 3. We have gaiters, white waistcoats and great bearskin caps alike. 4. We fall in line automatically. 5. We load our arms. 6. We march. 7. We advance with gun at support. 8. We charge. 9. We outflank the[2] Prussians. 10. We stand in guard position[3] or fire according to the need of the moment. 11. The guard is accustomed to do it. 12. When we advance, they say to one another in the ranks: You see, this is the supreme effort. 13. We repel the attack. 14. We win the battle all alone, so to say.

[1] Replace by: the right arm. [2] aux. [3] Replace by: we cross the bayonet.

XVIII

Based on page 114, from line 9 to line 23

Questions

1. Qu'est-ce que Bertha n'oubliera jamais? 2. Qu'est-ce qu'on entendait au loin. 3. A quoi le roulement de la grenadière ressemblait-il? 4. Qu'est-ce

que la patrie criait dans ce dernier appel? 5. Quelle était l'impression causée par le bourdonnement du tambour de la vieille garde? 6. Que faisait Bertha? 7. Qui l'entraînait? 8. Qu'est-ce qu'il criait à Buche?

Translation

REVIEW.— Use of the definite article before names of countries. Verbal adjectives. Translation of *it is* before adjectives and past participles and before nouns. Present of *pouvoir* and *devoir*. Present and future of *mourir*. Future of *vivre*.

1. Who cries: help! help! amidst this disaster. 2. It is France who is dying. 3. Everything is lost. 4. Her last appeal fills the valleys. 5. It is an immense, infinite, touching voice. 6. The cries of this proud nation are as terrible as the tocsin. 7. The drums that beat the old guard's call to arms are the voice of the fatherland. 8. You cannot drag us away. 9. Leave us. 10. We must die. 11. Forget these cries and this din that fill the valley. 12. They are terrible, frightful like the tocsin announcing[1] a fire. 13. Be courageous; don't sob. 14. The fatherland will not die. 15. It is not lost. 16. It will live but its children will never forget this awful disaster.

[1] Say: in the midst of.

XIX

Based on page 129, from line 30 to line 18, page 130

Questions

1. Le lendemain Bertha et Buche continuèrent-ils leur route? 2. Où restèrent-ils? 3. Que regar-

daient-ils bouillir ? 4. Qu'achèteront-ils ? 5. Que couperont-ils ? 6. Comment retourneront-ils ? 7. Qu'est-ce qui les attendrissait ? 8. A qui Bertha écrivit-il ? 9. Que leur dit-il ?

Translation

REVIEW.— Peculiarity of the verb *acheter*. Relative pronouns objects of prepositions. Translation of the preposition *of* after *penser*. Translation of the present participle by the infinitive after verbs meaning *to see*, *to watch*. Imperfect and conditional tenses. Present and conditional of *écrire*, and *dire*.

1. The next day they were[1] very glad. 2. They were saved. 3. They thanked God. 4. They were seated in the kitchen of an inn. 5. The chairs on which they were seated were comfortable. 6. They were stretching their legs. 7. Buche was smoking his pipe. 8. The pot was boiling. 9. Bertha was watching it boiling. 10. They were thinking of agreeable things. 11. Buche was thinking of home; Bertha, of Catherine, of Aunt Grédel, of Mr. Goulden. 12. They were much[2] affected. 13. The next day, they would be rested. 14. Bertha would write only a few words to Catherine: "Thank God; we are saved. . . I am writing to you from a good inn. . . We are coming. . . We shall be glad to embrace you. . ." 15. He would say to Buche: "Buy[3] linen pants and blouses. Cut[3] two sticks. To-morrow we shall continue our journey quietly. Let us go home slowly."

[1] Use the imperfect in the first 12 sentences. [2] très. [3] Use the singular forms.

XX

Based on page 144, from line 26 to line 9 page 145

Questions

1. Que fait la France? 2. Sur quoi réfléchit-elle? 3. Qui observe-t-elle? 4. Où lit-elle? 5. Quand elle sera lasse de sa misère, que fera-t-elle de ces gens? 6. Que veut la France? 7. Qu'est-ce qui manquait alors aux Français? 8. Qu'est-ce que le peuple fait tous les jours? 9. De quoi profite-t-il? 10. Qu'est-ce que M. Goulden n'aura peut-être pas le bonheur de voir? 11. Pourquoi? 12. Bertha le verra-t-il? 13. Que fera ce spectacle? 14. De quoi Bertha sera-t il fier?

Translation

REVIEW. — Relative pronouns objects of a preposition. Agreement of past participles conjugated with *être*, and *avoir*. Principal parts of *tenir*, *conduire*, *voir* and *vouloir*.

1. Since 1789 we have advanced ahead of the other nations, for we have desired liberty, equality, justice. 2. We are tired of our miseries. 3. We are resting. 4. We are reflecting upon the mistakes of those who have led us. 5. We are watching these people. 6. But we hope for[1] the reawakening of France. 7. For we are proud of our country. 8. We have the good luck of belonging to a generous nation. 9. France is generous. 10. She wishes to educate the people. 11. Let us educate the people. 12. We don't lack experience, we lack education. 13. Let us profit by the misfortunes and miseries of

the fatherland. 14. Let us read in the souls of those who lead us. 15. Let us watch them and if they wish to lead us against our interests, let us put them by without any delay. 16. Those who are too old will not have the happiness of seeing that spectacle, but those who will see it, will be consoled for[2] all their misfortunes. 17. They will be proud of the nation to which they belong. 18. They will see the reawakening of liberty, equality, justice.

[1] Omit. [2] Say: *of.*

VOCABULARY

ABBREVIATIONS

adj., adjective.
adv., adverb.
art., article.
conj., conjunction.
f., feminine.
m., masculine.
pl., plural.
pron., pronoun.
prep., preposition.
—, repetition of the title-word.

VOCABULARY

A

à, at, to, in, for, with.
abandonner, to abandon.
abattre, to throw *or* cast down; kill.
abominable, abominable, odious.
abord, *m.*, approach; **d'—,** first, at first.
aboutir, to abut, terminate; come to, result.
abri, *m.*, shelter; **à l'— de,** sheltered from.
abriter, to shelter; **s'—,** shelter one's self.
accabler, to overwhelm.
accéléré, -e, quick.
accompagner, to accompany.
accomplissement, *m.*, fulfilment.
acharnement, *m.*, eagerness, desperate effort.
acheter, to buy.
action, *f.*, battle.
adieu, *m.*, farewell, good-by.
adjoint, *m.*, deputy-mayor.
adjudant, *m.*, adjutant.
administration (*f.*) **des vivres,** subsistence department; commissary.
admirable, admirable.
admirer, to admire.
adopter, to adopt.
adresser, to ask.
affaire, *f.*, affair, business, undertaking, job; fight.
affaisser (s'), to sink down, collapse.
affamer, to starve.
affiler, to sharpen.
affreu-x, -se, frightful.
affût, *m.*, gun-carriage.
âge, *m.*, age; **avant l'—,** prematurely; **avoir l'—,** to be old enough.
agenouiller (s'), to kneel down.
agir (s'), to be the question, be the matter.
agrandir, to enlarge.
agréable, agreeable, pleasant.
agression, *f.*, aggression.
aider, to help; **s'—,** help each other.
aie, aient, *see* **avoir.**
aigle, *m.*, eagle (bird); *f.*, eagle (standard).
aigre, acid, sharp.
aiguille, *f.*, needle.
aile, *f.*, wing.
ailleurs, elsewhere; **d'—,** moreover.

aimer, to love, like; — **mieux**, prefer.

aînesse, *f.*, primogeniture; **droit d'—**, birth-right.

ainsi, thus; — **que**, as well as; **pour — dire**, so to say; — **de suite**, and so forth.

air, *m.*, air, tone; **avoir l'—**, to seem, look.

ais, *m.*, board, plank.

aise, *f.*, ease; **à mon —**, as much as I pleased.

aligner (s'), to dress, fall into line.

allée, *f.*, lane, avenue.

Allemagne, *f.*, Germany.

allemand, -e, German.

Allemand, *m.*, German.

aller, to go, be going *or* about to; **allons!** come! **s'en —**, go away; decline, decrease.

allonger, to stretch, stretch out, brandish, extend, quicken; — **la hanche**, stretch one's self out; **s'—**, to lengthen, stretch out; **s'— les jambes**, rest.

allumer, to kindle, light.

alors, then.

amasser, to collect, heap up; **s'—**, gather.

ambitieux, *m.*, ambitious man.

ambulance, *f.*, ambulance, field-hospital.

âme, *f.*, soul.

amener, to bring.

ami, *m.*, friend.

amorce, *f.*, priming.

amour, *m.*, love; — - **propre**, vanity.

amoureu-x, -se, fond.

an, *m.*, year.

ancien, -ne, former.

ancien, *m.*, old *or* older soldier.

anéantir, to annihilate.

anglais, -e, English.

Anglais, *m.*, Englishman.

année, *f.*, year.

anniversaire, *m.*, anniversary.

annoncer, to announce.

apaiser, to quiet.

apercevoir, to perceive; **s'—**, be seen.

appartenir, *irr.*, to belong.

appel, *m.*, appeal, cry; roll-call; call to quarters.

appeler, to call; **s'—**, be called; call one another.

appétit, *m.*, appetite.

apprendre, to learn, inform of; hear.

apprîmes, appris, -e, *see* **apprendre**.

approcher (de), to approach.

appuyé, -e, resting.

appuyer, to lean, turn, keep; support, strengthen.

après, after; **d'—**, from.

après-midi, *m. or f.*, afternoon, P. M.

arbre, *m.*, tree.

ardeur, *f.*, eagerness.

ardoise, *f.*, slate.

argent, *m.*, silver; money.
arme, *f.*, arm, weapon; **à l'— blanche,** with lances and sabers; **l'— au bras,** with the gun at support.
armée, *f.*, army.
armistice, *m.*, truce.
armoire, *f.*, closet.
arracher, to tear down.
arranger, to arrange, prepare; trim, beat; **s'—,** settle one's self, manage as one can.
arrêter, to arrest, stop, take prisoner; **s'—,** stop.
arrière, *m.*, rear; **en —,** behind, back.
arrière-garde, *f.*, rear-guard.
arrivée, *f.*, arrival.
arriver, to arrive.
arrogant, -e, haughty.
arrondi, -e, rounded, barrelled.
arrondir, to set up, stoop.
arrosage, *m.; see* **puits.**
arrosoir, *m.*, watering pot.
arsenal, *m.*, arsenal.
artilleur, *m.*, artillery man.
asseoir, to seat; **s'—,** to sit down.
assez, enough; rather, pretty; **bien —,** plenty.
assiette, *f.*, plate.
assis, -e, sitting, seated.
assit, *see* **asseoir.**
assommer, to knock down.
atelier, *m.*, workshop.
âtre, *m.*, fire-place.
attaque, *f.*, attack.
attaquer, to attack.
attelage, *m.*, team.
attendant (en), in the meantime.
attendre, to wait; **s'— à,** expect.
attendrir, to affect, move.
attendrissant, -e, touching.
attendrissement, *m.*, emotion.
attention, *f.*, attention; **—!** look out!
attentivement, attentively.
attirer, to draw.
attraper, to catch, be struck by.
au *for* **à le,** *which see.*
auberge, *f.*, inn.
aubergiste, *m.*, innkeeper.
aucun, -e, any, no; none.
audace, *f.*, audacity.
au-dessus (de), above.
au-dessous (de), below.
augmentation, *f.*, increase.
augmenter, to augment, increase.
aujourd'hui, to-day.
auparavant, before.
auprès de, near, in comparison with.
auquel, *see* **que.**
aura, aurais, *see* **avoir.**
aussi, also; as, so; that is why.
aussitôt, at once; **— que,** as soon as.
autant, as much, as many; **d'— plus que,** especially as; **en faire —,** to do the same; **en**

raconter —, relate the same story *or* as many lies; **j'aime** —, I had *or* would as lief.
autour de, around.
autre, other; **nous -s**, we, us (*emphatic*).
Autrichien, *m.*, Austrian.
aux *for* **à les**, *which see.*
auxquelles, *see* **que.**
avance, *f.*, advance, ground gained; **avoir de l'—**, to have a good start; **prendre de l'—**, to get a good start; **d'—**, beforehand, ahead, in advance.
avancée, *f.*, outwork, outpost.
avancer, to advance, push forward; **s'—**, advance.
avant (de), before; **en —**, in front; **en —!** forward! **—-dernier**, *m.*, last but one; **—-garde**, *f.*, vanguard; **—-veille**, *f.*, two days before.
avantage, *m.*, advantage.
avantageu-x, -se, advantageous, favorable.
avec, with.
averse, *f.*, shower; attack.
avertir, to inform; show.
avertissement, *m.*, warning.
avis, *m.*, opinion.
avoine, *f.*, oats.
avoir, to have; **— vingt ans de moins**, be twenty years younger; **il y a**, there is *or* are.
avouer, to admit, confess.
ayant, ayez, *see* **avoir.**

B

bagages, *m. pl.*, baggage.
bagarre, *f.*, fight.
bague, *f.*, ring.
bah! pshaw! tut, tut!
baïonnette, *f.*, bayonet; **à la —**, charge, bayonets!
baisser, to lower, duck; fail; **se —**, stop.
balancer, to swing.
balayer, to sweep off, clear.
balle, *f.*, ball, bullet.
balloter, to vacillate, totter, shake.
banc, *m.*, bench.
bande, *f.*, band.
bander, to bandage, dress.
baraque, *f.*, hut.
barbare, barbarous.
barbare, *m.*, barbarian.
barbe, *f.*, beard.
barricader, to barricade.
barrière, *f.*, gate.
bas, *m.*, lower part; sock, stocking; **— des reins**, small of the back.
bas, -se, low.
bas, *adv.*, down, below; in a low tone; **en —**, below, downstairs; **plus —**, further down.
bataille, *f.*, battle; **en —**, in battle array.
bataillon, *m.*, battalion.
bâti, -e, built, shaped.
bâtiment, *m.*, building.

bâtisse, *f.*, building.
bâton, *m.*, stick.
battant, -e, pelting.
battant, *m.*, leaf (of a door); **à deux —s,** folding; **ouvert à deux —s,** wide open.
batterie, *f.*, battery; hammer (of a gun).
battre, to beat, defeat; **— la retraite,** sound the retreat; **— en retraite,** beat a retreat; **se —,** fight.
beau, bel, belle, beautiful, fine, opportune; **voir en —,** to see through rose-colored glasses; **se remettre au —,** clear up.
beaucoup, much, many.
bel, *see* **beau.**
Belge, *m.*, Belgian.
Belgique, *f.*, Belgium.
belle, *see* **beau.**
bénir, to bless.
besoin, *m.*, need; **avoir — de,** to need.
bétail, *m.*, cattle.
bête, stupid.
bêtise, *f.*, stupidity.
bien, *m.*, property; good; **homme de —,** upright man.
bien, *adv.*, well, very, surely, indeed, it is true, comfortably; **eh —!** well! **ou —,** or else; **— des,** many; **— d'autres . . . ,** many other . . . ; **— assez,** plenty.
bienheureux, *m.*, blessed, beatified; **dormir comme un —,** to sleep peacefully, like a top.
bientôt, soon.
bière, *f.*, beer.
bijouterie, *f.*, jewelry.
billet, (*m.*) **de logement,** billet (of residence).
biquet, *m.*, kid.
bivouac, *m.*, bivouac.
bivouaquer, to bivouac.
blanc, *m.*, white (of the eye).
blanc, -he, white; clean; *see* **arme.**
blanchâtre, whitish.
blé, *m.*, wheat.
blessé, *m.*, wounded soldier.
blesser, to wound, hurt.
bleu, -e, blue.
blocus (sound the *s*), *m.*, blockade.
blond, -e, blond, fair-complexioned.
blouse, *f.*, blouse, smock frock.
bœuf, *m.*, ox; beef.
Bohémien, *m.*, gypsy.
boire, *irr.*, to drink.
bois, *m.*, wood.
boive, *see* **boire.**
bon, -ne, good; full; respectable.
Bonapartiste, *m.*, partisan of Napoleon.
bonheur, *m.*, happiness, good fortune, luck, piece of good luck; **par —,** happily; **avoir**

du —, to be happy, lucky; **avoir le** — **de**, be lucky enough to.

bonjour, *m.*, good morning, good day.

bonnet, *m.*, bonnet, cap; — **à poil**, bear-skin cap.

bord, *m.*, border, bank, edge, ridge.

border, to border, line.

bouche, *f.*, mouth.

boucher, *m.*, butcher.

boucherie, *f.*, butcher's shop; slaughter.

boucle d'oreille, *f.*, ear-ring.

boucler, to buckle, strap up.

boue, *f.*, mud.

bouger, to move.

bouillir, *irr.*, to boil.

bouillon, *m.*, broth, soup.

bouillonner, to boil, bubble.

boulanger, *m.*, baker.

boulet, *m.*, cannon ball.

bouleverser, to upset.

bourbe, *f.*, mire.

bourdonnement, *m.*, humming, buzzing, rolling, din.

bourgeois, *m.*, citizen, commoner, tradesman.

bourrer, to fill.

bousculer, to jostle, knock down, rout.

bout, *m.*, end, extremity; **à** — **portant**, point blank; **venir à** — **de**, to bring about, vanquish, succeed in.

bouteille, *f.*, bottle.

boute-selle, *m.*, signal to saddle.

boutonnière, *f.*, buttonhole.

bras, *m.*, arm, sleeve; *see* **arme.**

brave, brave, good; **un** — **homme**, an honest man.

brèche, *f.*, breach, gap.

bredouiller, to sputter, stammer.

bretelle, *f.*, strap, thong.

brigade, *f.*, brigade.

brigand, *m.*, bandit, rascal.

briller, to shine.

brique, *f.*, brick.

bronze, *m.*, bronze.

broyer, to crush, grind.

bruit, *m.*, noise, rumor.

brûler, to burn.

brun, -e, brown, dark.

brusquement, abruptly, gruffly.

bu, *see* **boire.**

bûcher, *m.*, woodshed.

bûmes, burent, *see* **boire.**

butte, *f.*, knoll.

buvant, *see* **boire.**

C

c' = **ce**, that.

ça = **cela** that

cacher, to hide; **se** —, hide one's self.

caille, *f.*, quail.

caisse, *f.*, box; drum; **grosse** —, bass drum.

caisson, *m.*, ammunition-wagon.

calme, calm, quiet.

calme, *m.*, calm.
calmer, to calm, quiet; **se —,** become quiet.
camarade, *m.*, comrade; **— de lit,** bedfellow.
campagne, *f.*, campaign; fields, country; **faire —,** to be a regular soldier.
campement, *m.*, encampment.
camper, to encamp.
canaille, *f.*, scoundrel.
canon, *m.*, cannon, gun.
canonnade, *f.*, cannonade.
canonnier, *m.*, gunner.
cantonnements, *m.pl.*, quarters.
cantonner, to canton.
capitaine, *m.*, captain.
capitale, *f.*, capital.
caporal, *m.*, corporal.
capote, *f.*, cloak, frock-coat.
car, for.
carnage, *m.*, slaughter.
carré, -e, square.
carré, *m.*, square; bed (garden).
carte, *f.*, map.
cartouche, *f.*, cartridge; **— à balle,** ball cartridge.
cas, *m.*, case; **dans tous les —,** anyhow.
caserne, *f.*, barracks.
casque, *m.*, helmet.
casser, to break; weaken; **— une croûte,** have a bite.
cassine, *f.*, hovel.
cathédrale, *f.*, cathedral.
cause, *f.*, cause; **à — de,** on account of.
causer, to cause, do; talk.
cavalerie, *f.*, cavalry.
cavalier, *m.*, horseman, rider.
cave, *f.*, cellar.
ce, cet, cette, ces, *adj.*, this, that, these, those.
ce, *pron.*, this, that, it, he, she, they.
ceci, this.
céder, to give up.
ceinture, *f.*, belt.
cela, that.
celui, celle, ceux, celles, that, those, the one, the ones, he, him, she, her, they, them; **celui-ci,** this one, the latter; **celui-là,** that one, the former.
cendre, *f.*, ash.
cent, hundred.
centaine, *f.*, hundred.
centre, *m.*, center.
cependant, however; in the meantime.
cercle, *m.*, circle, ring.
cerf, *m.*, stag.
ces, *see* **ce,** *adj.*
cesse, *f.*, ceasing; **sans —,** over and over again.
cesser, to stop.
cet, cette, *see* **ce.**
ceux, *see* **celui.**
chacun, -e, each one, every one.
chagrin, *m.*, grief.

chaîne, *f.*, chain.
chair, *f.*, flesh.
chaise, *f.*, chair.
chaleur, *f.*, heat.
chambre, *f.*, room.
chambrée, *f.*, (soldiers') dormitory.
champ, *m.*, field.
chance, *f.*, chance, luck; **avoir la —,** to be lucky enough; **avoir de la —,** be lucky.
changer, to change.
chanter, to sing.
chanvre, *m.*, hemp.
chapeau, *m.*, hat.
chaque, each, every.
charge, *f.*, charge; *see* **pas.**
charger, to charge, load; entrust.
charrette, *f.*, cart.
charrue, *f.*, plough.
chasser, to expel.
chasseur, *m.*, chasseur (soldier), light cavalry-man.
chat, *m.*, cat.
château, *m.*, castle.
chaud, -e, warm, hot.
chauffer, to heat; **ça va —,** a fierce battle is about to be fought.
chaume, *m.*, thatch.
chaumière, *f.*, thatch-roofed cottage.
chaussée, *f.*, roadway.
chauve, bald.
chef, *m.*, chief, head; **— de pièce,** captain of a gun.
chemin, *m.*, way, road.
cheminée, *f.*, mantel piece.
chemise, *f.*, shirt.
chêne, *m.*, oak.
cher, chère, dear.
chercher, to seek, look for, bring; **aller —,** go and get, go and bring back.
cheval, *m.*, horse; **à —,** on horseback; **à — sur,** on each side (of a road), across.
cheveu, *m.*, hair.
chevron, *m.*, chevron, stripe.
chez, at *or* to the house of; with; **— nous,** at home, to my home; **de — nous,** at home.
chien, *m.*, dog.
chirurgien, *m.*, surgeon.
choisir, to choose, select.
chose, *f.*, thing.
chouan, *m.*, royalist insurgent (in western France, during the Revolution).
chute, *f.*, fall.
ciel, *m.*, heaven, sky, horizon.
cigale, *f.*, cicada, locust, grasshopper.
cimetière, *m.*, cemetery.
cinq, five.
cinquante, fifty.
cinquième, fifth.
cire, *f.*, wax.
ciseaux, *m. pl.*, scissors.
clair, -e, clear, plain, light.
clair (*m.*) **de lune,** moonlight.

claquer, to chatter.
cligner de l'œil, to wink.
cliquetis, *m.*, jingle, clank.
cloche, *f.*, bell.
clocher, *m.*, steeple.
clouer, to nail.
coaliser, to ally, unite.
coalition, *f.*, coalition.
cochère, *see* **porte**.
cœur, *m.*, heart; courage, spirits; **un homme de —**, a good-hearted man.
coin, *m.*, corner.
colback, (Turkish) *m.*, colback, military cap.
colère, *f.*, anger.
collet, *m.*, collar.
colline, *f.*, hill.
colonel, *m.*, colonel.
colonne, *f.*, column.
combat, *m.*, combat, fighting.
combattre, to fight.
combien, how much, how many.
comble, *m.*, top; **de fond en —**, from top to bottom.
commandant, *m.*, major.
commandement, *m.*, command, order.
commander, to command, order.
comme, like, as, as if; something like.
commencer, to begin.
comment, how.
commettre, *irr.*, to commit.
commis, -e, *see* **commettre**.
commissionnaire, *m.*, messenger.
compagnie, *f.*, company.
complet, *m.*, complement; **être au —**, to have its full complement.
comprendre, *irr.*, to understand.
compris, -e, comprit, *see* **comprendre**.
compte, *m.*, account; **au — de**, at the expense of; **pour son propre —**, about one's self.
compter, to count, rely.
comte, *m.*, count.
concentrer (se), to concentrate.
conducteur, *m.*, driver.
conduire, *irr.*, to lead, drive, take.
confiance, *f.*, confidence, trust.
confondre (se), to mingle, blend.
confusion, *f.*, confusion.
connaître, *irr.*, to know.
connu, -e, *see* **connaître**.
conquérir, *irr.*, to conquer, vanquish.
conquis, *see* **conquérir**.
conscription, *f.*, conscription.
conscrit, *m.*, recruit.
conseiller municipal, *m.*, alderman.
consentir, *irr.*, to consent.
conserver, to preserve, keep, save, still have.
considération, *f.*, consideration.
consoler, to console.
constance, *f.*, constancy.
constitution, *f.*, constitution.
construire, *irr.*, to build.

content, -e, pleased, glad.
contenter, to satisfy; **se —,** be satisfied.
contraire, contrary; **au —,** on the contrary.
contre, against.
contribution, *f.*, tax.
convoi, *m.*, convoy, carts.
corneille, *f.*, crow, daw.
corps, *m.*, body, (army) corps; **— de garde,** guard-room.
Cosaque, *m.*, Cossack.
côté, *m.*, side, direction; **à —,** beside; **de —,** aside, sideways, askance; **de son —,** one's own way; **du — de,** in the direction of; **de quel —, tourner,** which way to go.
côte, *f.*, rib; hill, hillside; **— à —,** side by side.
côtelette, *f.*, chop.
coton, *m.*, cotton.
cou, *m.*, neck.
couché, -e, lying down.
coucher, to lay down, lie down, set, spend the night; *see* **joue.**
coucher, *m.*, setting.
coude, *m.*, elbow; turn.
couler, to flow, run down.
coup, *m.*, stroke, blow, knock, thrust, shot; **d'un —,** all at once, easily; **grand —,** supreme effort; **— sur —,** in quick succession; **— de canon,** cannon-shot; **— de fusil** *or* **de feu,** gun-shot; **— d'œil,** glance; **— de pied,** kick; **— de pointe,** thrust; **— de vent,** gust of wind; **d'un seul —,** all at once.
couper, to cut, cut off *or* through.
cour, *f.*, court yard.
courage, *m.*, courage.
courageu-x, -se, courageous, brave.
courber, to curve, bend; **se —,** curve, bend down, stoop.
courir, *irr.*, to run; **le bruit courait,** it was rumored.
course, *f.*, running; *see* **pas.**
court, -e, short.
couteau, *m.*, knife.
coûter, to cost; **coûte que coûte,** cost what it may, come what may.
couvent, *m.*, convent.
couvert, *see* **couvrir; à —,** sheltered, protected; **chemin —,** covert *or* covered way.
couverture, *f.*, blanket.
couvrir, *irr.*, to cover, shelter, screen.
craindre, *irr.*, to fear.
crainte, *f.*, fear.
crainti-f, -ve, timorous.
cramponner (se), to cling.
crasse, *f.*, filth, dirt.
créer, to create.
creuser, to dig.
creux, *m.*, hollow.
creu-x, -se, hollow, deep.

crever, to break.
cri, *m.*, cry, shout.
cribler, to riddle.
crier, to cry, shout; creak, grate; **se —**, yell to one another.
crinière, *f.*, mane.
crochu, -e, crooked, hooked.
croire, *irr.*, to believe.
croisement, *m.*, crossing.
croiser, to cross, fold; **se —**, center; — **la baïonnette**, be in guard position; **feux croisés**, cross fire.
croître, *irr.*, to increase.
croix, *f.*, cross; **en —**, perpendicularly, at right angles.
croquer, to craunch.
crosse, *f.*, butt-end.
croupe, *f.*, croup, crupper.
croûte, *f.*, crust; *see* **casser**.
cru, -e, raw.
cru, *see* **croire**.
cruche, *f.*, pitcher.
crûmes, *see* **croire**.
cuiller (also **cuillère**), *f.*, spoon.
cuir, *m.*, leather.
cuirasse, *f.*, breast-plate.
cuirassier, *m.*, cuirassier, (heavy armed cavalry.)
cuire, *irr.*, to cook, bake.
cuisine, *f.*, kitchen.
cuisse, *f.*, thigh, leg.
cuit, -e, *see* **cuire**.
culbuter, to overthrow, destroy.

D

d' = **de**.
danger, *m.*, danger.
dangereu-x, -se, dangerous.
danse, *f.*, dance, ball; battle.
de, of, from, with, by.
débacle, *f.*, breaking up (ice), rout.
débander, to disband; **se —**, scatter.
débarrasser, to rid; **se — de**, get rid of, remove.
débattre (se), to struggle.
débordement, *m.*, flood, torrent.
déborder, to overflow, burst forth, outflank.
déboucher, uncork; debouch, march out.
déboucler, to unbuckle.
debout, up, standing, erect; get up.
débris, *m. pl.*, remains, remainder.
décharge, *f.*, discharge, volley.
déchirant, -e, heartrending.
déchirer, to tear; **être déchiré, -e**, be in rags.
décider, to decide.
décombres, *m.pl.*, ruins, rubbish.
découper, to cut.
décourager (se), to get discouraged.
découvrir, *irr.*, to discover, perceive, find out; **se —**, can be seen, be visible.
décrire, *irr.*, to describe.

décrocher, to unhook.
dedans, inside; **en —,** turned in.
défendre, to defend; **se —,** defend one's self.
défense, *f.*, defense.
défenseur, *m.*, defender.
défiance, *f.*, distrust.
défilé, *m.*, defile; pass; parade.
défiler, to defile, file off.
défoncer, to break open, make deep holes in.
dégoûté, -e, disgusted.
dégringoler, to tumble down.
dehors, outside; **en — de,** outside; **mettre —,** to eject, put by.
déjà, already.
délibérer, to deliberate.
délivrance, *f.*, deliverance, release.
demain, to-morrow.
demander, to ask for; **se —,** wonder; **— à boire,** ask for a drink; **— à coucher,** ask for a bed room.
démêler (se), to disentangle, extricate one's self.
demi, -e, half; **—-heure,** half-hour; **—-lieue,** half a league; **—-lune,** half-moon, ravelin; **—-miche,** half-loaf.
démolir, to demolish, annihilate.
démolition, *f.*, slaughter.
démonter, to unhorse.
dent, *f.*, tooth.
départ, *m.*, departure.
département, *m.*, department.
dépasser, to go *or* spread beyond, pass.
dépêcher (se), to hurry.
dépendre, to depend.
déploiement, *m.*, deploy, deployment.
déployer, to deploy, unfold, spread out; **se —,** deploy.
dépourvu, -e, deprived.
depuis, since, from; for; later; **— que,** since.
derni-er, -ère, last.
dérouler, to unroll.
déroute, *f.*, rout.
derrière, behind; **par —,** in the rear.
derrière, *m.*, rear.
des (de + les, *art.*), of the; some, any.
dès que, as soon as.
désastre, *m.*, disaster.
descendre, to let down, lower, descend, come *or* go down, slope down; put up, stop.
descente, *f.*, descent, going down.
désert, -e, deserted.
déserter, to desert.
déserteur, *m.*, deserter.
désertion, *f.*, desertion.
désespoir, *m.*, despair.
déshonoré, -e, disgraced.
désirer, to desire.
désolation, *f.*, desolation.

désoler, to distress.
désordre, *m.*, disorder.
dessiner (se), to be outlined, stand out.
dessous, below, beneath.
dessus, on it, on them.
détachement, *m.*, detachment.
détacher (se), to leave the ranks; **se — de**, leave.
détail, *m.*, detail.
déterrer, to dig up.
détourner, to turn aside.
détrempé, **-e**, soaked, softened.
détruire, *irr.*, to destroy.
deux, two, both.
devancer, to get ahead of.
devant, before, in front of.
devant, *m.*, front; **sur le —**, in front.
dévaster, to devastate, sack.
devenir, *irr.*, to become.
devint, *see* **devenir**.
deviner, to guess.
devoir, *m.*, duty.
devoir, *irr.*, to be obliged, be to, must, ought, should; **devait être**, must have been; **on aurait dû**, one should have.
dévorer, to devour.
devra, **devrait**, *see* **devoir**.
diane, *f.*, reveille, morning drum.
Dieu, *m.*, God; **mon —!** dear me!
différence, *f.*, difference.
différent, **-e**, different.
digue, *f.*, dam, dike.
diligence, *f.*, stage-coach.
dimanche, *m.*, Sunday.
dîmes, *see* **dire**.
diminuer, to diminish.
dîner, to dine.
dire, *irr.*, to say, tell; **se —**, say to one another *or* to each other, be expressed.
direction, *f.*, direction.
diriger (se), to go, center.
dis, *see* **dire**.
disparaître, *irr.*, to disappear.
disparu, *see* **disparaître**.
disperser, to scatter.
disputer (se), to dispute.
distance, *f.*, distance.
distinguer (se), to be distinguished.
distribuer, to divide.
distribution, *f.*, distribution (of the rations).
dit, *see* **dire**.
division, *f.*, division.
dix, ten; **—-sept**, seventeen.
dizaine, *f.*, some ten; score.
doigt, *m.*, finger.
dois, **doive**, *see* **devoir**.
donc, then; therefore.
donner, to give; open, face, run along; plunge, concentrate; shine; charge, fight; **se —**, give one's self; **— froid**, make somebody shiver.
dont, of whom, of which; from which: with which.
dormir, *irr.*, to sleep.

dort, *see* **dormir.**
dos, *m.*, back; shoulders; ridge; **au —,** on their backs.
double, double.
doucement, gently, quietly, noiselessly.
doute, *m.*, doubt.
douter, to doubt; **se —,** suspect.
dou-x, -ce, gentle.
douzaine, *f.*, dozen.
douze, twelve.
douzième, twelfth.
dragon, *m.*, dragoon.
drapeau, *m.*, flag.
dresser, to raise, set; **se —,** stand.
droit, -e, right; straight, bristling.
droit, *adv.*, right ahead.
droit, *m.*, right.
droite, *f.*, right side; **à —,** on the right.
du (de + le, *art.*), of the; some, any.
dû, *see* **devoir.**
dur, -e, hard, stiff, tough; **en voir des** *or* **de dures,** to have a hard time of it.
durant, during, for.
durer, to last.

E

eau, *f.*, water; **— -de-vie,** brandy.
ébranler (s'), to move.
écarté, -e, standing out.
écarter, to drive away; **s'—,** leave the ranks, go astray; **s'— de,** leave.
échapper (s'), to escape.
écharpe, *f.*, scarf; **en —,** obliquely, athwart.
échelle, *f.*, ladder.
échelon, *m.*, round.
échiquier, *m.*, chess-board.
éclaboussure, *f.*, splinter.
éclair, *m.*, flash of lightning.
éclairer, to light.
éclaireur, *m.*, scout.
éclatant, -e, sonorous, loud.
éclater, to burst, burst forth, explode.
écluse, *f.*, sluice, dam.
écossais, -e, Scotch.
écouter, to listen to.
écraser, to crush, smash.
écrier (s'), to exclaim.
écrire, *irr.*, to write.
écrouler (s'), to fall in.
écuelle, *f.*, dish.
écumer, to foam, froth.
écurie, *f.*, stable.
effaré, -e, bewildered.
effaroucher, to scare away.
effet, *m.*, effect; **—s de literie,** materials of a bed, bedding.
effort, *m.*, effort.
effrayer, to frighten.
égal, -e, equal; **c'est —,** after all.
également, also.

égalité, *f.*, equality.
égaré, -e, bewildered.
église, *f.*, church.
égratignure, *f.*, scratch.
Égypte, *f.*, Egypt.
eh bien! well!
élevé, -e, high.
élever, to raise; **s'—,** rise, arise, burst forth.
élite, *f.*, choice; **d'—,** choicest, picked.
elle, *f.*, she, it; **—s,** they, them.
éloigner (s'), to go away.
embarras, *m.*, embarrassment.
emboîter le pas, to lock step, follow.
embranchement, *m.*, junction.
embrasser, to embrace.
embuscade, *f.*, ambush.
embusquer, to ambush, post.
émigré, *m.*, emigrant.
emmener, to take, take away.
emparer (s'), to seize.
empêcher, to prevent.
empereur, *m.*, emperor.
emplir, to fill.
emploi, *m.*, occupation, situation.
empoigner, to lay hold of, grasp.
emporter, to carry away *or* by storm, take along, capture.
en, *prep.*, in, on, with, while; as a.
en, *pron.*, of him, her, it, them; from him, etc.; some, any.
encombrement, *m.*, obstruction, crowd.
encombrer, to obstruct, crowd.
encore, yet, still, again; **— une fois,** once more.
endormir, *irr.*, to put to sleep; **s'—,** fall asleep.
endroit, *m.*, place, spot; village.
enfant, *m.*, child.
enfin, at last, finally.
enfoncer, to sink, break, break open; **s'—,** break down, be broken open.
engagement, *m.*, action, battle.
engager, to engage, start, invite; **s'—,** start; enlist.
engouffrer (s'), to force one's way.
enjamber, to stride over.
enlèvement, *m.*, removal.
enlever, to take away, carry off *or* by storm, capture.
ennemi, *m.*, enemy.
ennemi, -e, hostile; of the enemy.
ennuyé, -e, wearied.
ensemble, together.
ensemble, *m.*, concerted action.
ensuite, afterward.
entasser, to heap up.
entendre, to hear; **— parler de,** hear of; **s'—,** hear one's self *or* one another; be heard; **s'— avec,** agree, have an understanding *or* communicate with.
enterrer, to bury.

enthousiasme, *m.*, enthusiasm.
enti-er, -ère, entire, whole.
entourer, to surround.
entraîner, to carry away *or* off, lead away, instigate.
entre, between, among; **d'—,** of, from.
entrée, *f.*, entrance.
entreprise, *f.*, undertaking.
entrer, to enter, come in.
entretenir, *irr.*, to provide for.
entretien, *m.*, keeping in repair, trim.
enverrai, enverrait, *see* **envoyer.**
envie, *f.*, envy, inclination; **avoir — de,** to want to.
envier, to envy.
environ, *adv.*, about.
environs, *m. pl.*, vicinity, neighborhood, suburbs.
envoyer, *irr.*, to send.
épais, -se, thick.
épaule, *f.*, shoulder.
épée, *f.*, sword.
éperon, *m.*, spur.
épervier, *m.*, sparrow-hawk.
épi, *m.*, ear (of corn).
épouvantable, frightful.
épouvante, *f.*, fright; **dans l'—,** terrified.
éprouver, to experience, feel.
épuisement, *m.*, exhaustion.
épuiser, to exhaust.
équipages, *m. pl.*, ammunition chests.
escadron, *m.*, squadron.
escalier, *m.*, staircase.
escorter, to escort.
escouade, *f.*, squad.
Espagne, *f.*, Spain.
espèce, *f.*, species, kind.
espérance, *f.*, hope.
espérer, to hope.
espoir, *m.*, hope.
esprit, *m.*, spirit, mind, intellect, progress.
essayer, to try.
essieu, *m.*, axle-tree.
essuyer, to wipe.
estafette, *f.*, estafette, military courier.
estropié, -e, crippled.
et, and.
étable, *f.*, stable.
établi, *m.*, work-bench.
établir, to establish; **s'— dans,** occupy.
étain, *m.*, tin.
étape, *f.*, stage, day's march, halting place.
état, *m.*, state, condition, trade, profession; **—-major,** staff.
été, *see* **être.**
éteindre, *irr.*, to extinguish, put out.
éteint, *see* **éteindre.**
étendre, to extend, spread, lay, stretch, stretch out, brandish; **s'—,** extend, stretch, spread out, reach.
êtes, *see* **être.**
étoile, *f.*, star.

étonnant, -e, astonishing, wonderful.
étonner, to surprise.
étouffer, to stifle.
étranger, *m.*, stranger, foreigner.
être, *irr.*, to be; — **à,** be busy.
être, *m.*, being, people.
étrier, *m.*, stirrups.
étroit, -e, narrow.
eu, eûmes, *see* **avoir.**
Europe, *f.*, Europe.
eus, eusse, *see* **avoir.**
eux, they, them; **—-mêmes,** themselves.
éveiller (s'), to awake, come to one's senses.
éviter, to avoid.
excepté, except.
exciter, to set on.
exemple, *m.*, example.
exercice, *m.*, exercise; **faire l'—,** to drill.
exister, to exist, be.
expérience, *f.*, experience.
explication, *f.*, explanation.
expliquer, to explain; **s' —,** explain to one's self.
exprès, purposely.
extermination, *f.*, extermination, death; **l' — de l' —,** a fight to the end.
exterminer, to annihilate; **s' —,** kill one another.
extraordinaire, extraordinary.
extrémité, *f.*, extremity, end.

F

façade, *f.*, façade.
face, *f.*, face; **en — de,** opposite.
fâcher (se), to get angry.
fâcheu -x, -se, unpleasant, disagreeable.
facile, easy.
façon, *f.*, manner; **de cette —,** in this way.
fagot, *m.*, fagot, bundle.
faiblesse, *f.*, fainting fit.
faim, *f.*, hunger; **avoir —,** to be hungry.
faire, *irr.*, to make, do, say, be (weather); open; **se —,** be done, be heard, be seen, take place; **— bien de** (*infin.*), be right to; **cela ne fait rien,** it does not matter.
faisceau, *m.*, stack, circular pile.
fait, faites, *see* **faire.**
falloir, *irr.*, to be necessary, must; **ce qu'il te faut,** what you need; **il ne fallait pas plus d'une heure,** it would not have taken more than one hour; **il fallait** *or* **il aurait fallu les entendre** *or* **les voir,** you ought to have heard *or* seen them.
famille, *f.*, family.
fantassin, *m.*, foot-soldier.
fasse, *see* **faire.**
fatiguer (se), to get tired.

faucher, to mow *or* cut down.
faudrait, faut, *see* **falloir.**
faute, *f.*, fault, mistake.
fau-x, -sse, false.
femme, *f.*, woman, wife.
fendre, to split, cut; — **la presse**, force one's way through the crowd.
fenêtre, *f.*, window.
fer, *m.*, iron; —**-blanc**, tin, tin-plate.
ferai, ferais, *see* **faire.**
ferme, *f.*, farm, farm-house.
ferme, firm, steady.
fermer, to shut.
fermier, *m.*, farmer.
feu, *m.*, fire, firing; **en** —, on fire; **faire** —, to fire.
feuille, *f.*, leaf.
fier, fière, proud, haughty.
figure, *f.*, face, look.
figurer (se), to imagine, picture to one's self.
fil, *m.*, edge.
file, *f.*, file, row; **à la** —, one after another; **par — à droite!** right! **par — à gauche!** left! **feu de** —, fire by ranks.
filer, to file off, stretch.
fille, *f.*, girl, daughter.
fils, *m.*, son.
fîmes, *see* **faire.**
fin, *f.*, end; **à la** —, finally; **sans** —, endless, continuous.
fin, -e, fine.
finalement, finally.
finesse, *f.*, cunning.
finir, to finish, be through; **en** —, finish the job; **des champs qui n'en finissaient plus**, endless fields; **être fini, -e**, be over; **elle finit par s'endormir**, she finally fell asleep.
fis, fit, *see* **faire.**
fixer, to fix, bend.
flamme, *f.*, flame.
flanc, *m.*, flank; *see* **tomber.**
flèche, *f.*, spire.
fleur, *f.*, flower, bloom.
fleuve, *m.*, large river.
flotter, to float, wave.
foin, *m.*, hay.
fois, *f.*, time; **une** —, once; **chaque — que**, whenever.
fond, *m.*, bottom, back, background, rear, hollow, depth; **de — en comble**, from top to bottom.
fondement, *m.*, foundation.
fondre, to melt; — **en larmes**, burst into tears.
font, *see* **faire.**
fonte, *f.*, melting.
force, *f.*, force, strength; *pl.*, strength, troops; **à — de**, by dint of, on account of.
forcer, to force, compel; storm.
forêt, *f.*, forest.
forge, *f.*, blacksmith's shop.
forgeron, *m.*, blacksmith.
forme, *f.*, form, shape.
former, to form.

fort, -e, strong, loud; **trop —,** grossly exaggerated.
forteresse, *f.*, fortress.
fortification, *f.*, fortification.
fortune, *f.*, fortune.
fossé, *m.*, ditch, trench.
fou, fol, folle, crazy, mad.
fou, *m.*, madman, crazy man.
fouiller, to search the pockets of.
foule, *f.*, crowd, confusion; **en —,** in great numbers.
fouler, to trample on.
four, *m.*, oven.
fourgon, *m.*, wagon.
fourmilière, *f.*, swarm of ants.
fourmiller, to swarm.
fournir, to furnish, supply.
fourré, *m.*, thicket.
fourreau, *m.*, scabbard.
fracas, *m.*, crash.
frais, *m. pl.*, expense.
frais, fraîche, fresh, cool.
France, *f.*, France.
français, -e, French.
Français, *m.*, Frenchman.
franchement, candidly.
frapper, to strike, knock, rap, tap.
frémir, to shudder, quiver, thrill.
frère, *m.*, brother.
frissonner, to shiver, tremble.
froid, *m.*, cold.
froncer, to wrinkle, knit.
front, *m.*, front; **de —,** abreast.
fûmes, *see* **être.**
fumée, *f.*, smoke.
fumer, to smoke.
fumier, *m.*, dunghill.
fureur, *f.*, rage, anger.
furieu-x, -se, mad.
fusil, *m.*, gun.
fusilier, *m.*, fusileer.
fusillade, *f.*, fusillade.
fusiller, to shoot, fire at.
fuyard, *m.*, fugitive.

G

gagner, to win, seize, catch, reach, make one's way to, be victorious.
galop, *m.*, gallop.
galoper, to gallop.
galonné, -e, striped, laced.
gamelle, *f.*, mess pan, food.
garçon, *m.*, boy.
garde, *f.*, guard; hilt; **de —,** on guard, on duty.
garde (*m.*) **du génie,** engineer, officer.
garder, to guard, keep.
gargousse, *f.*, cannon-cartridge.
garnir, to furnish, provide, fill, occupy.
garnison, *f.*, garrison.
gauche, left; **à —,** on *or* to the left.
gémir, to groan.
gémissement, *m.*, groan.
gêner, to inconvenience, be in somebody's way.
général, *m.*, general.

générale, *f.*, general (roll of the drum which calls all the soldiers together.)
généreu-x, -se, generous, liberal.
génie, *m.*, corps of engineers.
genou, *m.*, knee.
genre, *m.*, kind; — **humain,** mankind.
gens, *m. and f.*, people; **jeunes —,** youths.
giberne, *f.*, cartridge-box.
gilet, *m.*, waistcoat.
glacis, *m.*, glacis, sloping bank.
glaçon, *m.*, icicle.
glaise, *f.*, loam; **terre —,** loam, clay.
glisser, to slip; **se —,** slip.
gloire, *f.*, glory.
glorifier, to glorify; **se —,** boast.
goberger (se), to take one's ease, enjoy one's self.
gond, *m.*, hinge.
gorge, *f.*, throat.
gouffre, *m.*, abyss.
gourde, *f.*, flask.
goutte, *f.*, drop.
grâce, *f.*, grace; — **à Dieu,** thank God.
grade, *m.*, grade, rank.
grand, -e, great, large, main, high, big, tall, long.
grandeur, *f.*, size.
grandiose, grand.
grandir, to increase, grow; elate.
grand' mère, *f.*, grandmother.
grand' route, *f.*, high way.
grange, *f.*, barn.
gras, -se, fat, soft, thick, sticky; **soupe — se,** meat soup.
grave, grave, serious.
gravement, gravely.
grêle, *f.*, hail.
grelotter, to shiver.
grenadier, *m.*, grenadier.
grenadière, *f.*, rolling of the drums of the Old Guard.
grenier, *m.*, loft; attic; — **à foin,** hay loft.
gril, *m.*, gridiron.
grimper, to climb.
grincer, to grate.
gris, -e, gray.
gris, *m.*, gray.
grondement, *m.*, roaring, rumbling.
gronder, to roar, rumble, thunder.
gros, -se, big, thick, stout, large, coarse, wealthy.
gros, *m.*, brunt.
guerre, *f.*, war.
guêtre, *f.*, legging.
gueux, *m.*, knave, rascal; **ce — de Ligny,** that wretched village of Ligny.

H

habillement, *m.*, wearing apparel.
habiller, to dress; **s' —,** dress.

habit, *m.*, coat; **-s,** clothes, uniform.

habitude, *f.*, custom; **avoir l' — de,** to be familiar with.

habituer, to accustom.

hache, *f.*, axe.

hacher, to cut to pieces.

haie, *f.*, hedge.

haleine, *f.*, breath.

halte! halt! stop!

hameau, *m.*, hamlet.

hanche, *f.*, haunch, hip.

hangar, *m.*, shed, cart-shed.

Hanovrien, *m.*, Hanoverian.

hardiment, boldly, with assurance.

haricot, *m.*, kidney-bean.

hasard, *m.*, chance; **au —,** at random; **par —,** by chance.

haut, -e, high, loud; **plus —,** further up.

haut, *m.*, top, upper part; **en—,** above, upstairs; **de — en bas,** from top to bottom; **tout en —,** at the very top.

hauteur, *f.*, height, level.

hennir (sound: *anir*), to neigh.

hennissement, *m.*, neighing.

hériter, to inherit.

hêtre, *m.*, beech-tree.

heure, *f.*, hour, time, o'clock; **de bonne —,** early; **à la bonne —!** very well! that's right! well and good! **à cette —,** now; **tout à l' —,** in a little while, a little while ago.

heureusement, fortunately, safely.

heureu-x, -se, happy, lucky.

hier, yesterday; **— soir,** last night.

hirondelle, *f.*, swallow.

histoire, *f.*, story.

Hollande, *f.*, Holland.

homme, *m.*, man, husband; **s'acheter un —,** to buy a substitute for one's self.

honnête, honest, respectable.

honneur, *m.*, honor.

honorer, to honor.

honte, *f.*, shame.

honteu-x, -se, ashamed.

horloge, *f.*, turret-clock.

horloger, *m.*, watchmaker.

horreur, *f.*, horror.

horrible, horrible.

hors de, outside of, beyond; **— de combat,** disabled.

hourrah! hurrah!

houx, *m.*, holly.

huit, eight; **— jours,** a week.

humain, -e, human; **genre —,** mankind.

humanité, *f.*, human feelings.

humeur, *f.*, humor, disposition, temper.

humide, wet.

humiliation, *f.*, humiliation.

hurlement, *m.*, howling.

hurler, to howl.

hussard, *m.*, hussar (light cavalry).

I

ici, here; **par —**, this way.
idée, *f.*, idea, thought.
il, he, it; **—s**, they.
île, *f.*, island.
imaginer (s'), to imagine.
immense, immense, prodigious.
immobile, motionless.
impatience, *f.*, impatience.
importer, to matter; **n'importe quoi**, anything.
impossible, impossible.
imprimeur, *m.*, printer.
incapable, incapable.
incendie, *m.*, conflagration, fire.
indemnité, *f.*, indemnity.
indépendance, *f.*, independence,
indigné, **-e**, indignant.
indigner, to rouse the indignation of; **s' —**, be angry *or* indignant, express one's indignation.
infanterie, *f.*, infantry.
infini, **-e**, infinite.
injuste, unjust.
injustice, *f.*, injustice.
innocent, *m.*, innocent, simpleton.
innombrable, numberless.
inondation, *f.*, flood.
inquiéter (s'), to bother.
inquiétude, *f.*, anxiety, uneasiness.
insatiable, insatiate.
inscrire, *irr.*, to inscribe.
insensé, *m.*, foolish person.
insolent, **-e**, insolent, overbearing.
inspecter, to survey.
inspiration, *f.*, inspiration.
inspirer, to inspire.
instant, *m.*, instant.
instructeur; **sergent —**, drill sergeant.
instruction, *f.*, education.
instruire, *irr.*, to teach; **s' —**, learn.
intérêt, *m.*, interest.
intérieur, *m.*, inside.
interroger, to question.
interrompre, to interrupt; **s' —**, stop.
interruption, *f.*, interruption.
intervalle, *m.*, interval.
inutile, useless.
irai, *see* **aller**.
Italie, *f.*, Italy.
Italien, *m.*, Italian.

J

j' = je.
jalou-x, **-se**, jealous.
jamais, ever; **ne . . . —**, never.
jambe, *f.*, leg.
jardin, *m.*, garden.
jardinage, *m.*, garden ground.
jaune, yellow.
je, I.
jeter, to throw, cast; **se —**, rush.

jeu, *m.*, play, game; **en —,** at stake.

jeune, young.

jeunesse, *f.*, youth, young men.

joindre (se), *irr.*, to join.

joli, -e, pretty.

joliment, very much.

joue, *f.*, cheek; **coucher** *or* **mettre en —,** to aim at.

jouer, to play.

jour, *m.*, day, daylight, daybreak, dawn; **au petit —,** at dawn; **huit —s,** a week; **du — au lendemain,** all of a sudden.

journée, *f.*, day.

journellement, daily.

joyeu-x, -se, joyful, merry.

jugement, *m.*, judgment.

juillet, *m.*, July.

juin, *m.*, June.

jument, *f.*, mare.

jusque, as far as, until; **—'à,** as far as, till, until, to, up to, even.

juste, just, precisely.

justice, *f.*, justice.

L

l' = le *or* **la.**

la, *f.*, the; her, it.

là, there, here; **—-bas,** down there.

lâche, *m.*, coward.

lâcher, to let go; **— son coup de fusil,** discharge his gun.

là-dessus, thereupon.

laisser, to leave, let, allow; **— sa peau,** lose one's life, perish.

lambeau, *m.*, rag, tatter.

lance, *f.*, lance.

lancer, to dart, give, deal, hurl; **lancé comme un boulet,** going at full speed.

lancier, *m.*, lancer.

languir, to languish, linger, wait long.

lanterne, *f.*, lantern.

large, broad, wide; **ouverte au —,** wide open.

larme, *f.*, tear; **à chaudes — s,** bitterly.

las, -se, weary, tired.

lassitude, *f.*, weariness.

latte, *f.*, lath.

le, *m.*, the; him, it; **-s,** the, them.

lég-er, -ère, light.

lendemain, *m.*, following day.

lentement, slowly.

lettre, *f.*, letter.

leur, their; to them, them.

levée, *f.*, levy, raising; **— en masse,** general levy.

lever, to raise, clear; **se —,** rise.

lèvre, *f.*, lip.

liberté, *f.*, liberty, freedom.

libre, free.

licencier, to send home, dismiss.

lieu, *m.*, place, spot; **au — de,** instead of; **au — que,** whereas.

lieue, *f.*, league.
lieutenant, *m.*, lieutenant.
lièvre, *m.*, hare.
ligne, *f.*, line; **en —,** in a line, fall in.
linge, *m.*, linen.
lire, *irr.*, to read.
lisière, *f.*, edge.
lit, *m.*, bed.
literie, *f.*, bedding.
livre, *m.*, book; *f.*, pound.
livrer, to deliver up, betray, sell; give (battle); **se —,** be fought.
loger, to lodge, quarter.
loi, *f.*, law.
loin, far, afar; **au —,** far off *or* away; **de — en —,** at intervals.
lointain, *m.*, distance.
long, -ue, long; **de — en large,** up and down; **le — de,** along.
longer, to go along, run along, be built along.
longtemps, long, a long while.
longueur, *f.*, length.
Lorrain, *m.*, inhabitant of Lorraine.
lorsque, when.
louer, to praise.
loup, *m.*, wolf.
lourd, -e, heavy, oppressive.
lucarne, *f.*, dormer-window; **— en tabatière,** skylight.
lui, he, him, to him, to her; **—-même,** himself.
luisant, -e, shining, resplendent.
lumière, *f.*, light.
lune, *f.*, moon.
lut, *see* **lire.**

M

ma, *f.*, my.
madrier, *m.*, joist, board.
magnifique, magnificent, splendid.
mai, *m.*, May.
maigre, thin.
main, *f.*, hand.
maintenant, now.
maire, *m.*, mayor.
mairie, *f.*, town hall.
mais, but; **— . . . !** why . . . !
maison, *f.*, house.
maître, *m.*, master, victor; **— d'école,** schoolmaster.
major, *m.*, major.
mal, *m.*, harm, hardship.
mal, *adv.*, badly, ill.
malédiction, *f.*, curse.
malgré, in spite of.
malheur, *m.*, misfortune, ill-luck, pity; **— à,** woe to; **par —,** unfortunately, as ill-luck would have it.
malheureusement, unhappily.
malheureu-x, -se, unhappy, unlucky, unfortunate.
malheureux, *m.*, wretch.
maman, *f.*, mother.
manger, to eat.
manière, *f.*, manner.

manque, *m.*, lack.
manquer, to fail, miss, lack, be wanting.
maraudeur, *m.*, marauder.
marche, *f.*, march, journey; **en —,** marching.
marché, *m.*, market; **à bon —,** cheaply, easily.
marcher, to march, walk, go, advance; play.
mare, *f.*, puddle.
maréchal, *m.*, marshal.
margelle, *f.*, curb.
marier, to marry.
marmite, *f.*, pot; mess.
marquer, to mark; **— le pas,** keep time *or* step.
marteau, *m.*, hammer.
massacrer, to slaughter; **se —,** slaughter one another.
masse, *f.*, mass, cloud.
massi-f, -ve, massive, solid.
masure, *f.*, hovel.
matelas, *m.*, mattress.
matin, *m.*, morning; A. M.; **de grand —,** early in the morning.
matinal, -e, morning.
matines, *f. pl.*, morning prayer *or* service.
maudire, *irr.*, to curse.
mauvais, -e, bad, wicked, unprepossessing.
maux, *see* **mal.**
me, me, to me.
mèche, *f.*, wick; match.
médecin, *m.*, physician.
meilleur, -e, better; **le —,** the best.
mélancolique, melancholy, sad.
mêlée, *f.*, hand to hand conflict.
mêler, to mix; **se —,** mingle, take upon one's self.
même, same, self, very; **tout de —,** all the same.
même, *adv.*, even.
ménage, *m.*, household; **pain de —,** home-made bread.
ménager, to spare, treat gently.
mener, to lead.
mensonge, *m.*, lie, falsehood.
mentir, *irr.*, to lie.
mépris, *m.*, contempt.
merci, thank; **Dieu —,** thank God.
mère, *f.*, mother.
mériter, to deserve.
mes, my.
messe, *f.*, mass.
mesure, *f.*, measure; **à —,** gradually; **à — que,** in proportion as, as.
mètre, *m.*, yard.
mettre, *irr.*, to put, put on, lay; **se —,** place one's self; **se — à** (*infin.*), begin to; **se — avec,** join.
meuble, *m.*, piece of furniture.
meurs, *see* **mourir.**
mi, half; **à — -côte,** half way up hill.

miche, *f.*, loaf.
midi, *m.*, noon, midday; **sur les —,** about noon.
mien (le), la mienne, mine.
mieux, better; **le —,** the best.
milieu, *m.*, middle, midst.
militaire, military.
mille, thousand.
milliard, *m.*, billion.
millier, *m.*, thousand.
million, *m.*, million.
mine, *f.*, mien, countenance, look.
minuit, *m.*, midnight.
minute, *f.*, minute.
mirent, mis, -e, *see* **mettre.**
misérable, wretched.
misérable, *m.*, miserable, wretch.
misère, *f.*, misery, hard work, calamity.
miséricorde, *f.*, mercy.
mitraille, *f.*, grape-shot, canister; **à —,** with grape-shot.
mitrailler, to shoot with grape-shot.
moi, I, me, to me; **à —!** help!
moindre, less; **le —,** the least.
moins, less, fewer; **à — de,** unless; **au —,** at least.
mois, *m.*, month.
moisson, *f.*, harvest.
moitié, *f.*, half; **à —,** half.
moment, *m.*, moment.
mon, my.
monde, *m.*, world, people; **tout le —,** everybody; **au —,** in the world; **tellement de —,** with so many people.
monsieur, *m.*, sir, Mr.
monstre, *m.*, monster.
montagnard, *m.*, mountaineer.
montagne, *f.*, mountain.
montée, *f.*, ascent, slope.
monter, to mount, ascend, go *or* come up, rise; take up.
montre, *f.*, watch.
montrer, to show.
moquer (se), to trifle (with), make a fool (of); **se — (bien) de,** not to care a rap for.
moqueu-r, -se, jeering, sarcastic.
morceau, *m.*, piece.
morne, gloomy, depressed.
mors, *m.*, bit; **prendre le — aux dents,** to run away.
mort, -e, dead.
mort, *m.*, dead.
mort, *f.*, death.
mot, *m.*, word; **— d'ordre,** watchword, countersign.
mou, mol, molle, soft.
mouchoir, *m.*, handkerchief.
mouillé, -e, wet, rainy.
moulin, *m.*, mill; **— à vent,** windmill.
mourir, *irr.*, to die.
mousqueton, *m.*, musketoon.
mousqueterie, *f.*, musketry.
moustache, *f.*, mustache.
mouton, *m.*, sheep.

mouvement, *m.*, movement, motion, commotion, manœuvre.
moyen, *m.*, means.
moyennant, for.
municipal, **-e**, municipal.
munitions, *f. pl.*, ammunition.
mur, *m.*, wall; **comme un —**, as compact as a wall.
mûr, **-e**, ripe.
murmure, *m.*, whisper.
musique, *f.*, military band.

N

n' = ne.
nation, *f.*, nation.
naturel, **-le**, natural,
naturellement, of course.
navet, *m.*, turnip.
ne, not; **— . . . pas**, not; **— . . . que**, only but; **— . . . plus**, no more, no longer; **— . . . jamais**, never; **— . . . rien**, nothing.
nécessaire, necessary.
neige, *f.*, snow.
nerf, *m.*, nerve.
nettoyer, to clean, sweep.
neuf, nine.
neu-f, **-ve**, new.
nez, *m.*, nose.
ni, nor; **ni . . . ni**, neither, nor.
niche, *f.*, niche, recess.
nid, *m.*, nest.
niveau, *m.*, level.
noce, *f.*, wedding; fun; **de ma —**, present at my wedding.
nœud, *m.*, knot, key.
noir, **-e**, dark, black.
nom, *m.*, name.
nombre, *m.*, number.
nommer, to name.
non, no; **— plus**, either, neither.
notre, our.
nôtre (le), ours; **les -s**, our soldiers.
nourrir, to nourish, feed.
nous, we, us, to us.
nouveau, **nouvel**, **-le**, new; **de —**, again; **du —**, something new.
nouvelle, *f.*, news, piece of news.
noyer, *m.*, walnut-tree.
nu, **-e**, bare.
nuage, *m.*, cloud.
nuit, *f.*, night; dark.
numéro, *m.*, number.

O

obéir, to obey.
objet, *m.*, object.
obliger, to oblige.
obliquer, to move in an oblique direction.
obscurité, *f.*, darkness.
observer, to watch.
obstiné, **-e**, stubborn.
obstiner (s'), to persist.
obus (sound the *s*), *m.*, shell.
occasion, *f.*, occasion.

odeur, *f.*, odor, smell.
œil, *m.*, eye.
officier, *m.*, officer.
oignon, *m.*, onion.
ombre, *f.*, shade, shadow, darkness.
on *or* **l'on,** one, people, you.
onze, eleven.
oppression, *f.*, oppression.
or, *m.*, gold.
orage, *m.*, thunder-storm.
ordinaire, usual.
ordonnance, *f.*; **officier d' —,** orderly officer.
ordonner, to command.
ordre, *m.*, order, command.
oreille, *f.*, ear.
oreiller, *m.*, pillow.
orfèvrerie, *f.*, goldsmith's art.
orge, *f.*, barley.
ornière, *f.*, rut.
os, *m.*, bone.
oser, to dare.
ôter, to take, take away *or* off, remove.
ou, or.
où, where, in which, when.
oubli, *m.*, forgetting, omission, failure to provide.
oublier, to forget.
oui, yes.
ouragan, *m.*, hurricane.
outre, beyond; **d' — en —,** through and through.
ouvert, -e, *see* **ouvrir.**
ouverture, *f.*, opening.
ouvrage, *m.*, work.
ouvrier, *m.*, workman.
ouvrir, *irr.*, to open, begin; **s' —,** open.

P

paillasse, *f.*, straw-mattress.
paille, *f.*, straw.
pain, *m.*, bread.
paire, *f.*, pair.
paître, *irr.*, to graze; **mener —,** take to pasture, tend.
paix, *f.*, peace.
palais, *m.*, palace.
pâle, pale.
palissade, *f.*, fence.
pan, *m.*, section (of a wall); eaves.
pan, pan, pan! rub, dub, rubadubdub.
panique, panic.
pantalon, *m.*, trousers.
papier, *m.*, paper.
paquet, *m.*, parcel, bundle.
par, by, through; a; **— -dessus,** over.
parade, *f.*, parade.
paraître, *irr.*, to appear.
parce que, because.
parcourir, *irr.*, to pass along, run.
pardonner, to forgive.
pareil, -le, similar, such, like.
parent, *m.*, parent, relative.
parler, to speak.

parmi, among.
parole, *f.*, word.
pars, *see* **partir.**
parsemé, -e, strewn, dotted.
part, *see* **partir.**
part, *f.*, share.
partager, to share, divide.
partie, *f.*, part; **faire — de**, to belong to.
partir, *irr.*, to depart, start; go off (gun); **à — de**, on leaving, from.
partisan, *m.*, partisan.
partout, everywhere.
parvenir, *irr.*, to succeed.
parvint, *see* **parvenir.**
pas, *m.*, pace, step; **au —**, slowly; **au — de charge**, charging, in double quick time; **au — de course**, on the run.
pas, not; **ne . . . —**, not; **— de** *or* **un**, no.
passage, *m.*, passage.
passer, to pass, cross, spend; **se —**, take place; be going on.
patache, *f.*, public coach (not suspended).
pâte, *f.*, paste, dough.
patience, *f.*, patience.
patrie, *f.*, fatherland, country.
patriote, *m.*, patriot.
pauvre, poor.
pavé, *m.*, paving-stone.
paver, to pave.
paye, *f.*, pay; **haute —**, extra pay.
payer, to pay.
pays, *m.*, country, district.
paysan, *m.*, peasant.
peau, *f.*, skin.
peignait, *see* **peindre.**
peindre, *irr.*, to paint, depict; **se —**, be painted, be visible.
peine, *f.*, pain, trouble, difficulty; **à — . . . que**, hardly . . . when.
peint, -e, *see* **peindre.**
pêle-mêle, pell-mell, helter-skelter.
peloton, *m.*, platoon.
pencher, to incline, bend, stoop; **se —**, lean; set.
pendant, during; **— que**, while.
pendre, to hang, suspend.
penser, to think, intend.
pensi-f, -ve, thoughtful.
pente, *f.*, slope.
perçant, -e, shrill.
percer, to pierce, make.
perche, *f.*, pole, stick.
perdre, to lose, be defeated.
père, *m.*, father; **le père J. . . .**, old J. . . .
péril, *m.*, danger.
périr, to perish.
perron, *m.*, stoop.
personne, *f.*, person, people.
personne, *pron. m.*, anybody; **ne . . . —**, nobody, no one.

perte, *f.*, loss; **à — de vue**, as far as the eye could see.
petit, -e, small, little, slight.
pétiller, to crackle.
peu, little, few; **un —**, a little, somewhat.
peuple, *m.*, people, nation.
peuplier, *m.*, poplar.
peur, *f.*, fear; **de — de**, for fear of; **avoir —**, to be afraid; **faire —**, frighten.
peut, *see* **pouvoir.**
peut-être, perhaps.
peux, *see* **pouvoir.**
Phalsbourgeois, *m.*, an inhabitant of Phalsbourg.
pic, *m.*, pick-ax; peak; **à —**, perpendicular.
pièce, *f.*, piece; piece of ordnance.
pied, *m.*, foot; **l'arme au —**, with grounded arms; **mettre — à terre**, to dismount.
pierre, *f.*, stone; **— à fusil**, flint.
pignon, *m.*, gable.
pilier, *m.*, pillar.
piller, to pillage, plunder.
pioche, *f.*, mattock.
piquer, to be as sharp as.
piquet, *m.*, picket; stake.
pire, worse, worst.
place, *f.*, place, square, position, fortified town; **à la — de**, instead of.
placard, *m.*, spot.
plaindre (se), *irr.*, to complain.
plaine, *f.*, plain.
plainte, *f.*, moan, wail.
plainti-f, -ve, doleful.
plaire, *irr.*, to please; **se — à**, take delight in.
plaisir, *m.*, pleasure.
plan, *m.*, plan.
plancher, *m.*, floor.
planter, to plant; **— là**, give up, drop.
plat, -e, flat.
plateau, *m.*, table-land.
plein, -e, full, complete, solid; covered; **en — jour**, in broad daylight.
pleurer, to weep.
pleuvoir, *irr.*, to rain.
pli, *m.*, fold, hollow; **— de terrain**, depression of the ground, hollow.
plier, to bend.
pluie, *f.*, rain.
plumet, *m.*, plume.
plus, more; **— . . . —**, the more . . . the more; **de — en —**, more and more; **ne . . . —**, no longer, no more; **ne . . . — que**, nobody *or* nothing else but; **non —**, neither; **à — de**, more than; **— d'un**, more than one; **un . . . de —**, one more.
plusieurs, several.
plutôt, rather.
pointe, *f.*, point, tip.
pointer, to level, aim, take sight.
poireau, *m.*, leek.

poitrine, *f.*, chest.
politique, *f.*, politics.
Pologne, *f.*, Poland.
Polonais, *m.*, Pole.
pomme de terre, *f.*, potato.
pont, *m.*, bridge; — **-levis,** drawbridge.
ponton, *m.*, pontoon; prison-ship.
porte, *f.*, door, gate, doorstep; — **cochère,** carriage entrance.
portée, *f.*, range; **à deux —s de fusil,** within two gun-shots.
porter, to carry, wear, direct; shoulder (arms); take effect, hit the mark; **se —,** to move, go; center.
portemanteau, *m.*, saddle pack.
Portugal, *m.*, Portugal.
poser, to place, station; ask; **se —,** be placed.
positi -f, -ve, definite.
position, *f.*, position.
posséder, to possess, have; **ne pas se — de,** be beside one's self with.
possible, possible.
poste, *m.*, post; *f.*, post-office.
poster, to station.
poteau, *m.*, post.
pouce, *m.*, inch.
poudre, *f.*, gun powder.
pour, for, to, in order to; — **que,** in order that, so that.
pourquoi, why.
poursuite, *f.*, pursuit.
poursuivre, *irr.*, to pursue; — **son chemin,** ride on.
pourtant, however, still.
pourvu que, provided that, if only, I hope.
pousser, to push, open; utter; excite, drive; grow; — **droit sur,** make for; — **jusqu'à,** go as far as; **se —,** push one another.
poussière, *f.*, dust.
poutre, *f.*, beam.
pouvoir, *irr.*, to be able, may, can; be allowed; **aurait pu,** might *or* could have.
pouvoir, *m.*, power.
précéder, to precede.
premi-er, -ère, first.
prendre, *irr.*, to take, capture, attack, catch; measure; — **en considération,** treat with consideration; — **à gauche,** turn to the left.
préparer, to prepare.
près, near; — **de,** near, nearly; **de —,** near; **à — de,** nearly; **à peu —,** about.
présenter, to present.
presque, almost.
presse, *f.*, throng; pressure, danger.
presser, to urge; quicken; **se —,** hasten.
prêt, -e, ready.
prêt, *m.*, payment of advance money.

prêter, to lend.
prévenir, *irr.*, to give notice, inform, warn, order.
prévint, *see* **prévenir.**
prière, *f.*, prayer.
prince, *m.*, prince.
principal, -e, main.
principal, *m.*, most important thing *or* part.
principalement, especially.
prirent, pris, -e, prit, *see* **prendre.**
prisonnier, *m.*, prisoner.
privilège, *m.*, privilege.
prix, *m.*, price; **à tout —,** at any cost.
proche, near, at hand.
proclamation, *f.*, proclamation.
produire, *irr.*, to produce, cause.
profiter, to profit.
profond, -e, deep, thick.
prolonger, to lengthen, spread; **se —,** spread.
promener, to walk; **se —,** take a walk; dart here and there.
promesse, *f.*, promise.
promettre, *irr.*, to promise.
propos, *m.*, talk, comment.
propre, own.
propriétaire, *m.*, owner, landowner.
prospérité, *f.*, prosperity.
protestation, *f.*, protest.
prudence, *f.*, prudence.
prussien, -ne, Prussian.
Prussien, *m.*, Prussian.
pu, puis, *see* **pouvoir.**
puis, then.
puisque, since.
puissant, -e, powerful.
puissions, *see* **pouvoir.**
puits, *m.*, well; **— d'arrosage,** draw well.
punir, to punish.
purent, pus, put, pût, *see* **pouvoir.**

Q

qu' = que.
quand, when, even if.
quantité, *f.*, quantity.
quarante, forty.
quart, *m.*, quarter, fourth.
quartier, *m.*, quarter, mercy; large piece; **— général,** headquarters.
quatre, four; **— -vingt-dix,** ninety.
quatrième, fourth.
que, *pron.*, whom, which, that; **—?** what? **—'est-ce —?** what? **ce —,** what.
que, *conj.*, that, than, when, let; **ne . . . —,** only; **— de,** how many.
quel, -le, what, which; what a.
quelque, some.
quelquefois, sometimes.
quelqu'un, somebody; **quelques-uns,** some.
question, *f.*, question.
queue, *f.*, tail, rear.

qui, who, which, that; **ce —,** what.
quinzaine, *f.*, about fifteen.
quinze, fifteen.
quitte, free; **en être —,** to be let off.
quitter, to leave.
quoi, what, which; **sur —,** thereupon.
quoique, although.

R

raboter, to plane; plough up.
raccommoder, to repair.
raconter, to relate, tell.
raffermir, to consolidate.
rafle, *f.*, sweep, volley.
rafler, to sweep away.
rafraîchir, to cool.
raison, *f.*, reason; **avoir —,** to be right.
raisonnement, *m.*, reasoning, argument.
raisonner, to reason, argue.
rajuster, to readjust.
ralentir (se), to slacken.
ralliement, *m.*, rally, rallying.
rallier, to rally.
rallumer, to start again.
ramasser, to pick up; **se —,** concentrate one's forces.
ramener, to lead *or* drive back.
rampe, *f.*, slope.
rang, *m.*, rank, row; **sur trois -s,** three deep.
rangée, *f.*, row.
ranger, to draw up; **se —,** stand aside.
rappel, *m.*, call to quarters, call to arms; **battre le —,** to beat to arms.
rappeler, to remind of; **se —,** remember.
rapporter, to bring back, repeat, announce.
rapprocher (se), to draw nearer, come in contact.
rare, rare.
ras, -e, open.
raser, to shave.
rassasié, -e, satiate.
râtelier, *m.*, rack.
ration, *f.*, ration.
rattacher, to attach, tie.
rattraper, to overtake.
rave, *f.*, rape, spindle-rooted radish.
ravin, *m.*, ravine.
rayer, to streak.
rebâtir, to rebuild.
reboucher, to obstruct again, stop up.
recevoir, *irr.*, to receive.
réchapper, to save; **en —** *or* **se —,** escape, come out unhurt.
recharger, to load again.
réchauffer (se), to warm one's self.
recherche, *f.*, search, pursuit.
récit, *m.*, story.
recoin, *m.*, nook.

reçoive, *see* **recevoir.**
récolte, *f.*, harvest, crop.
récolter, to gather in, make.
recommander, to recommend.
recommencer, to begin again.
reconduire, *irr.*, to accompany out.
reconnaître, *irr.*, to recognize, acknowledge, notice, find *or* make out; challenge; **se —,** look about one's self.
reconnu, reconnûmes, *see* **reconnaître.**
reconquérir, *irr.*, reconquer, recover, regain.
recoucher (se), to lie down again.
recourbé, -e, curved.
recouvert, -e, *see* **recouvrir.**
recouvrir, *irr.*, to cover.
recueillir, *m.*, to gather.
reculer, to move *or* fall back.
reçûmes, reçus, *see* **recevoir.**
redescendre, to come *or* go down again.
redoubler, to redouble, quicken.
redresser, to straighten; **se —,** straighten up.
réduire, *irr.*, to reduce.
réduit, *m.*, small habitation.
refermer, to shut again; **se —,** close up.
réfléchir, to reflect.
réflexion, *f.*, thought.
reformer, to form again; **se —,** form again.
refouler, to ram.
refouloir, *m.*, rammer.
refuser, to decline; **se —,** deny one's self.
regagner, to gain, make one's way to.
regarder, to look, look at, watch, face; concern; **se —,** look at each other; consider one's self; **se — dans le blanc des yeux,** face one another, fight.
régime, *m.*, government, rule, system.
régiment, *m.*, regiment.
règle, *f.*, rule; **en —,** all right, within our duty.
régner, to reign.
réguli-er, -ère, regular.
régulièrement, regularly.
reins, *m. pl.*, loins, back.
rejeter, to throw back, drive away.
rejoindre, *irr.*, to rejoin, join.
réjoui, -e, joyous, merry.
réjouir, to rejoice, gladden; **se —,** rejoice, have a good time.
relâche, *f.*, respite.
relâcher, to release, set free.
relèvement, *m.*, removal, picking up.
relever, to remove, pick up; relieve (sentry); **se —,** rise again, pick one's self up.
religion, *f.*, religion.
reluire, *irr.*, to shine, glitter.
remercier, to thank.
remettre, *irr.*, to put again,

hand; — **au fourreau,** sheathe; **se —,** place one's self again; recover; **se — à** (*infin.*), begin again to; **se — au beau,** clear up; **se — en marche,** set out again; **être remis, -e,** compose one's self, get over it.

remirent, remis, remit, *see* **remettre.**

remonter, to remount, go up, climb up again; rise again; cheer up, raise.

rempart, *m.*, rampart.

remplacer, to replace.

remplir, to fill; **se —,** be filled.

rempoigner (se), to come to blows again.

remporter, to win.

rencontre, *f.*, meeting; battle; **à leur —,** to meet them.

rencontrer, to meet.

rendormir (se), *irr.*, to fall asleep again.

rendre, to render, give back, return, make; **se —,** surrender; lead; **se — compte de,** understand, realize.

renflement, *m.*, swelling, ridge.

renfler (se), to swell, rise.

renforcer (se), to be reënforced.

rengager, to reënlist.

renouveler, to renew; **se —,** be renewed.

rentrer, to reënter, go home, return to; gather in.

renverse (à la), backwards, on one's back.

renverser, to upset, knock *or* beat down.

répandre, to shed; **se —,** spread, scatter.

reparaître, *irr.*, to reappear.

repartir, *irr.*, to start again, go back.

reparut, *see* **reparaître.**

repas, *m.*, meal.

repasser, to repass, pass *or* cross again; sharpen.

repentir (se), *irr.*, to repent.

répéter, to repeat.

replier, to fold, force back; **se —,** fall back.

répondre, to answer; **se —,** answer one another.

repos, *m.*, rest.

reposer, to rest, be buried; **se —,** rest.

repousser, to repel, drive away.

reprendre, *irr.*, to retake, take again *or* back *or* up again, catch again, regain, recapture, recover, pick up; **— nos rangs,** fall in.

représenter (se), to imagine.

reprîmes, repris, reprit, *see* **reprendre.**

reproche, *m.*, reproach.

réputation, *f.*, reputation.

réquisition, *f.*, requisition; **être mis en —,** to be requested by military authority.

réserve, *f.*, reserve.
résigner (se), to be resigned.
résolu, -e, *see* **résoudre.**
résonner, to resound, re-echo.
résoudre, *irr.*, to decide.
respecter, to respect.
respirer, to breathe, catch one's breath, rest.
ressembler (se), to look alike.
resserrer, to shorten; **se —,** get close together, become narrower.
ressortir, *irr.*, to come out again.
ressource, *f.*, resource.
restant, *m.*, remnant, remainder.
reste, *m.*, rest, remainder, balance.
rester, to remain.
rétablir, to re-establish, restore.
retard, *m.*, delay; **en —,** late.
retarder, to delay, hinder.
retenir, *irr.*, to hold *or* keep back, engage; **se —,** constrain one's self.
retentir, to resound, be heard.
retint, *see* **retenir.**
retirer, to withdraw, draw back; se —, withdraw.
retour, *m.*, return.
retourner, to turn again, turn out; sicken; **— chez nous,** go home; **se —,** turn around; **s'en —,** go back.
retraite, *f.*, retreat; tattoo, taps.
retroussé, -e, turned up.
retrouver, to find *or* see again.
réunir, to reunite; **se —,** assemble, concentrate; **se — à,** join; **bien réunis,** close together.
réussir, to succeed.
revanche, *f.*, revenge.
rêve, *m.*, dream.
réveil, *m.*, reawakening; (*mil.*), reveille, morning call.
réveiller, to awaken; **se —,** revive, come to.
revenir, *irr.*, to come back, return; **— sur,** to retrace one's steps towards; **tout ce qui me revient,** all I can remember.
rêver, to dream.
reverra, reverrons, *see* **revoir.**
rêveu -r, -se, thoughtful, musing.
reviendrai, revienne, revint, *see* **revenir.**
revoir, *irr.*, to see again.
révolution, *f.*, revolution.
revue, *f.*, review.
riche, rich.
richesse, *f.*, wealth.
rideau, *m.*, curtain.
rien, anything; **ne . . . —,** nothing; **— que,** nothing else but.
rire, *irr.*, to laugh; **— tout bas,** chuckle.
risquer, to risk, endanger, be in danger of.
rive, *f.*, bank.
rivière, *f.*, river.
riz, *m.*, rice.

rôder, to prowl.
roi, *m.*, king.
roide (sound *raide*), stiff.
rompre, to break; **se** —, burst, give way.
rond, -e, round, stooping.
ronfler, to snore; hum, buzz.
rosée, *f.*, dew.
rôtir, to roast.
rouge, red.
roulant, -e, running.
roulement, *m.*, roll, rumbling.
rouler, to roll, beat, rumble, be heard.
route, *f.*, road; **la — de**, the road to; **en —**! let us go; **en — pour**, busy; on our way to; **faire —**, march.
rucher, *m.*, apiary, row of bee hives.
rue, *f.*, street.
ruelle, *f.*, narrow street, by-street.
ruiner, to ruin.
ruisseau, *m.*, brook.
rumeur, *f.*, rumor, indistinct noise.
Russe, *m.*, Russian.
Russie, *f.*, Russia.

S

s' = **se** *or* **si** *before* **il** *or* **ils.**
sable, *m.*, sand.
sabre, *m.*, saber.
sabrer, to cut down.
sac, *m.*, bag, knapsack.
saccager, to devastate.
sache, *see* **savoir.**
sacré, -e, sacred.
saigner, to bleed; **— à blanc**, exhaust.
sain, -e, sound.
saint, -e, holy.
sais, sait, *see* **savoir.**
salle, *f.*, hall, large room.
sang, *m.*, blood.
sanglier, *m.*, wild boar.
sangloter, to sob.
sans, without, but for.
santé, *f.*, health.
sapeur, *m.*, sapper.
satisfaction, *f.*, satisfaction.
sau-f, -ve, save.
saule, *m.*, willow tree.
sauras, saurons, *see* **savoir.**
sauter, to jump, leap; be blown up, be shattered.
sauvage, savage, wild, fierce.
sauvage, *m.*, savage, barbarian.
sauver, to save; **se** —, escape, come out unhurt, run, run away; **sauve qui peut**, run for your life.
savoir, *irr*, to know.
Saxon, *m.*, Saxon.
schapska (Polish), *m.*, lancer's military cap.
se, one's self, himself, herself, itself, themselves; to one's self, etc.; each other; one another; to each other, etc.

seau, *m.*, pail.
sec, sèche, dry, thin, sharp, loose, unmortared.
second, –e, (*sound c like g*), second.
seconde (*sound c like g*), *f.*, second.
secouer, to shake, toss.
secourir, *irr.*, to help; **se —,** succor each other.
secours, *m.*, help.
secousse, *f.*, shake, shock.
seigle, *m.*, rye.
seigneur, *m.*, lord.
seize, sixteen.
séjour, *m.*, sojourn.
sel, *m.*, salt.
selon, according to.
semaine, *f.*, week.
semblable, similar.
semblable, *m.*, fellow man.
semblant, *m.*, pretence; **faire —,** to pretend.
sembler, to seem.
sens, *m.*, sense; **bon —,** common sense.
sentier, *m.*, path.
sentinelle, *f.*, sentry; **en —,** on sentry.
sentir, *irr.*, to feel, experience.
séparé, –e, separate.
séparer, to separate.
sept, seven.
seras, *see* **être.**
sergent, *m.*, sergeant.
serment, *m.*, oath.
serré, –e, close.
serre–file, *m.*, last man of a line.
serrer, to press, compress, hug, tighten, shake, grit, close (ranks); **se —,** gather, crowd; **se — la main,** shake hands.
sert, *see* **servir.**
servante, *f.*, servant-girl.
service, *m.*, service; **de —,** on duty.
servir, *irr.*, to serve; **— de,** serve as; **se — de,** make use of; **faire —,** order; **ne sert de rien,** is of no use.
seul, –e, alone, only; **tout —,** automatically.
seulement, only.
shako, *m.*, shako (military cap.)
si, if, whether; so.
siècle, *m.*, century; **pendant les —s des —s,** for ever and ever.
sien (le), la — ne, his, hers, its own.
sifflement, *m.*, hissing sound.
siffler, to whistle, whiz.
signaler, to notice.
signifier, to mean.
silence, *m.*, silence.
sillon, *m.*, furrow.
simple, simple; private *or* common (soldier).
simplement, simply, merely.
sinistre, sinister, gloomy.
six, six.

sixième, sixth.
soi, one's self; — **-même,** one's self.
soie, *f.*, bristle.
soif, *f.*, thirst.
soir, *m.*, evening, P. M.
soit, *see* **être**; — . . . **ou,** either . . . or.
soixante, sixty; — **-quinze,** seventy five.
soldat, *m.*, soldier.
soleil, *m.*, sun.
solide, strong.
sombre, dark, dusky, gloomy, cloudy.
sommeil, *m.*, sleep; **avoir** —, to be sleepy.
sommes, *see* **être.**
son, sa, ses, his, her, its.
son, *m.*, sound, ringing.
songe, *m.*, dream, vision.
songer, to dream; think.
sonner, to ring, sound.
sont, *see* **être.**
sort, *see* **sortir.**
sort, *m.*, destiny, fate.
sorte, *f.*, sort, manner; **de — que,** so that; **en quelque** —, so to say, as it were.
sortir, *irr.*, to go *or* come out, issue; take out.
sou, *m.*, cent.
souffert, -e, *see* **souffrir.**
souffle, *m.*, breath, puff, whiff.
souffler, to breathe, blow; inspire, instil; whiz.
souffrance, *f.*, grief.
souffrir, *irr.*, to suffer.
souhaiter, to wish.
soulier, *m.*, shoe.
soupe, *f.*, soup; **faire la** —, to prepare a meal.
souper, to eat supper.
soupir, *m.*, sigh.
sourcil, *m.*, eyebrow.
sourd, -e, dull, muffled.
sourdement, with a muffled *or* dull sound.
sourire, *irr.*, to smile.
sous, *see* **sou.**
sous, *prep.*, under, beneath, before.
sous-lieutenant, *m.*, second lieutenant.
soutenir, *irr.*, to support, maintain, sustain, strengthen, resist; **se** —, help each other.
soutient, *see* **soutenir.**
souvenir, *m.*, remembrance.
souvenir (se), *irr.*, to remember.
souvent, often.
souviens, *see* **souvenir.**
soyez, soyons, *see* **être.**
spectacle, *m.*, spectacle, sight.
stationner, to stand.
stère, *m*, stere (1.31 cubic yard).
su, -e, *see* **savoir.**
Suédois, *m.*, Swede.
sueur, *f.*, perspiration.
suffoquer, to choke.
Suisse, *f.*, Switzerland.
suis, *see* **être** *or* **suivre.**

suite, *f.*, sequel; **de —,** in quick succession, one after another; **par la —** *or* **par la — des temps,** later; **tout de —,** forthwith; **ainsi de —,** so forth.
suivant, -e, following.
suivre, *irr.*, to follow; **se —,** follow one another.
supérieur, -e, superior, high.
supporter, to bear, endure, resist.
sur, on, upon, over, about, towards.
sûr, -e, sure, certain; **pour —,** certainly.
sureau, *m.*, elder-tree.
surlendemain, *m.*, two days later.
surprendre, *irr.*, to take by surprise.
surpris, -e, *see* **surprendre.**
surprise, *f.*, surprise.
surtout, especially.
surveiller, to watch over, superintend.
suspect, *m.*, suspicious person.
suspendre, to hang.
suspension, *f.*, suspension, short truce.

T

t' = te.
ta, your.
tabac, *m.*, tobacco.
tabatière, *f.*, snuff-box; **en —,** skylight.
table, *f.*, table.
tablier, *m.*, apron.
tâcher, to try.
taille, *f.*, stature.
tailler, to cut, trim.
taillis, *m.*, coppice, underwood.
taire (se), *irr.*, to keep silent, be still.
taisait, *see* **taire.**
talus, *m.*, embankment.
tambour, *m.*, drum, drummer; **— maître,** drum-major.
tandis que, while.
tanneur, *m.*, tanner.
tant, so much, so many; **— mieux,** so much the better; **— que,** as many as, as far as; as long as.
tante, *f.*, aunt.
tantôt . . . —, now . . . now.
taper, to strike; **— dessus,** beat them.
tard, late.
tas, *m.*, heap.
tasser (se), to be piled up, crush one another.
tâter, to feel.
te, you, to you.
tellement, so, so much.
temps, *m.*, time, weather; **de — en —,** from time to time; **dans le —,** formerly; **le — de regarder,** in the twinkling of an eye.
tendre, tender, gentle.
tendre, to stretch, hold out, offer; **— la main,** beg.

tenir, *irr.*, to hold; keep; make, exchange; remain, hold one's own; — **à,** like, care for; — **à sa parole,** keep one's word; **se —,** stand; formulate, offer (arguments).

terrain, *m.*, ground, land.

terre, *f.*, earth, soil; **par** *or* **à —,** on the ground.

terreur, *f.*, terror.

terrible, terrible.

terriblement, very; many.

tes, your.

tête, *f.*, head; **en —,** ahead, first; before us.

tiendraient, tiennent, tiens, tint, *see* **tenir.**

tinter, to tinkle, ring.

tirailler, to skirmish, fight in a desultory manner.

tirailleur, *m.*, skirmisher, sharpshooter.

tirer, to draw, pull, pull up, take, get out; close; fire; **s'en —,** get out of it.

titre, *m.*, title.

tocsin, *m.*, tocsin, alarm bell.

toi, you, to you; **—-même,** yourself.

toile, *f.*, cloth, linen.

toit, *m.*, roof.

tombeau, *m.*, grave.

tomber, to fall, pounce; be flabby; — **en flanc,** flank, attack the flank of; — **sur les nerfs,** make nervous.

ton, ta, tes, your.

tonne, *f.*, tun, ton.

tonner, to thunder, roar.

torrent, *m.*, torrent; **tomber par —s,** to pour.

tort, *m.*, wrong; **avoir —,** to be wrong.

tôt, soon.

toucher, to touch.

touffu, -e, bushy, thick.

toujours, always, anyhow; **et montaient —,** and kept on going up.

tour, *m.*, turn; trick; **faire le même —,** to play the same trick.

tour, *f.*, tower.

tourbillon, *m.*, whirlwind.

tourbillonner, to whirl, fly about.

tourmenter, to annoy, distress.

tournant, *m.*, turn.

tourner, to turn, outflank; whirl; *see* **côté.**

tourneur, *m.*, turner.

tout, *m.*, everything, all.

tout, -e, *pl.* **tous, toutes,** all, any, whole; **tout le monde,** everybody; **tous les jours,** everyday.

tout, *adv.*, quite; **pas du —,** not at all; — **en,** while; — **à coup,** suddenly; — **à l'heure,** in a little while; — **de suite,** forthwith; — **à fait,** entirely, soundly.

trahir, to betray.

trahison, *f.*, treason.
train, *m.*, artillery; **en — de,** in the act of.
traîner, to drag, pull; **se —,** crawl.
traître, *m.*, traitor.
tranchet, *m.*, shoe-knife.
tranquille, quiet, calm.
tranquillement, quietly; undisturbed.
travailler, to work.
travers (à), through, amidst; **de —,** crossways; awry; **en — de,** across.
traverse, *f.*, cross-road.
traverser, to cross, pass *or* pierce *or* shoot through, ford.
tremble, *m.*, aspen-tree.
tremblement, *m.*, tremor, pang.
trembler, to tremble, shake.
trempé, –e, soaked, wet.
tremper, to dip, soak.
trente, thirty.
très, very.
triangle, *m.*, triangle.
triste, sad.
tristesse, *f.*, sadness.
trois, three.
troisième, third,
trombone, *m.*, trombone.
tromper, to deceive; **se —,** be mistaken.
trompette, *f.*, trumpet.
trône, *m.*, throne.
trop, too, too much, too many.
trot, *m.*, trot.
trotter, to trot.
trou, *m.*, hole.
troubler, to disturb, confuse, be heard above, break; **se —,** get disturbed.
troupe, *f.*, troop, band.
trouver, to find; **se —,** happen to be, be; **il s'en trouve,** there are some.
tu, you.
tuer, to kill.
tumulte, *m.*, tumult, uproar.
tuile, *f.*, tile.
turent, tut, *see* **taire.**

U

uhlan, *m.*, German light cavalry.
un, –e, a, an, one; **les –s . . . les autres,** some . . ., others.
uniforme, *m.*, uniform.

V

va, *see* **aller.**
vacarme, *m.*, uproar, din.
vache, *f.*, cow; beef.
vaincre, *irr.*, to vanquish, conquer.
vaincu, *see* **vaincre.**
vainqueur, victorious.
vais, *see* **aller.**
vallon, *m.*, small valley.
valoir, *irr.*, to be worth, be as good as; **— mieux,** be better.
vanter (se), to boast.

vas, *see* **aller.**
vaudrait, *see* **valoir.**
veille, *f.*, day before.
veiller, to lie awake, watch.
veine, *f.*, vein.
vendre, to sell.
vengeance, *f.*, vengeance.
venger (se), to avenge one's self.
venir, *irr.*, to come; — **de** (*infin.*), have just (*past part.*); *see* **bout.**
vent, *m.*, wind.
ventre, *m.*, stomach; — **à terre,** at full speed; **jusqu'au** —, up to the belt; **leur passer sur le** —, to force one's way through their ranks, annihilate.
verger, *m.*, orchard.
véritable, true, real.
vérité, *f.*, truth.
verre, *m.*, glass.
vers, towards, about.
verse (à), hard, fast.
verser, to pour out, spill.
vert, -e, green.
vétéran, *m.*, veteran.
veulent, *see* **vouloir.**
veuve, *f.*, widow.
viande, *f.*, meat.
victoire, *f.*, victory.
vide, empty.
vider, to empty, drink; **se** —, become empty.
vie, *f.*, life; **de ma** —, ever; **jamais de la** —, never.
vieille, *see* **vieux.**
vieillesse, *f.*, old age; **grande** —, very old age.
viendras, vienne, viennent, viens, vient, *see* **venir.**
vierge, *f.*, virgin.
vieux, vieil, vieille, old.
vieux, *m.*, old fellow, veteran.
vi -f, -ve, quickset.
village, *m.*, village.
ville, *f.*, city, town.
vîmes, *see* **voir.**
vin, *m.*, wine.
vingt, twenty; **—-cinquième,** twenty-fifth.
vingtaine, *f.*, some twenty, score.
vinrent, vint, *see* **venir.**
vis (sound the *s*), *f.*, screw.
vis, *see* **voir.**
viser, to aim.
visière, *f.*, visor.
vite, quickly, fast.
vitesse, *f.*, speed.
vivant, *m.*, living, person alive.
vivement, lively.
vivres, *m. pl.*, provisions.
vivre, *irr.*, to live; **vive . . .!** long live . . .! **qui vive?** who goes there?
vœu, *m.*, vow, wish.
voici, here is *or* are.
voilà, there is *or* are, such are *or* were; **le** —, there he is; **te** —, there you are, I see you again.
voir, *irr.*, to see; **se** —, see one another, be seen; *see* **beau.**

voisin, *m.*, neighbor.
voisine, *f.*, neighbor.
voiture, *f.*, carriage.
voix, *f.*, voice.
volée, *f.*, volley.
voler, to steal.
volet, *m.*, shutter.
voleur, *m.*, thief, robber.
volonté, *f.*, will; **bonne —**, inclination.
voltigeur, *m.*, soldier of a light company.
vont, *see* **aller**.
voudrais, voudrions, *see* **vouloir**.
vouloir, *irr.*, to wish, will; **— bien**, be very glad; **en — à**, bear a grudge against, threaten; **— dire**, mean; **que voulez-vous!** how can it be helped?
vous, you, to you, for you.
voyage, *m.*, trip, journey.
voyager, to travel.
vrai, -e, true.
vraiment, truly.
vu, -e, *see* **voir**.
vue, *f.*, view, sight, eyesight, eyes; **à perte de —**, as far as you could see; **à — d'œil**, perceptibly.

W

Wurtembergeois, *m.*, native of Württemberg.

Y

y, there, in it, in doing it.
yeux, *m. pl.*, of **œil**, eyes.

Z

zèle, *m.*, zeal.
zigzag, *m.*, zigzag.